本色文丛·柳鸣九　主编

无数杨花过无影

周克希／著

海天出版社（中国·深圳）

图书在版编目（CIP）数据

无数杨花过无影 / 周克希著. —深圳：海天出版
社, 2018.7
（本色文丛）
ISBN 978-7-5507-2395-5

Ⅰ.①无… Ⅱ.①周… Ⅲ.①散文集－中国－当代
Ⅳ.①I267

中国版本图书馆CIP数据核字（2018）第090048号

无数杨花过无影
WUSHU YANGHUA GUO WUYING

深圳出版发行集团
海天出版社

出　品　人　聂雄前
策划编辑　林星海
项目负责人　韩海彬
责任编辑　曾韬荔
责任校对　万妮霞
责任技编　梁立新
装帧设计　Smart　深圳斯迈德设计
　　　　　　　　　0755-83144228

出版发行　海天出版社
地　　址　深圳市彩田南路海天大厦（518033）
网　　址　www.htph.com.cn
订购电话　0755-83460397（批发）　0755-83460397（邮购）
印　　刷　深圳市新联美术印刷有限公司
开　　本　787mm×1092mm　1/32
印　　张　9
字　　数　150千
版　　次　2018年7月第1版
印　　次　2018年7月第1次
定　　价　40.00元

　　周克希，1964年从复旦大学数学系毕业后，在华东师范大学数学系任教，其间于1980年至1982年去法国巴黎高等师范学校进修黎曼几何，回国后任副教授。1992年调至译文出版社从事文学编辑工作，任编审。翻译的文学作品有《追寻逝去的时光》第一卷（《去斯万家那边》）、第二卷（《在少女花影下》）、第五卷（《女囚》），以及《包法利夫人》《小王子》《基督山伯爵》《三剑客》《不朽者》《王家大道》《古老的法兰西》《侠盗亚森·罗平》《格勒尼埃中短篇小说集》《幽灵的生活》《生活三部曲》等。著有随笔集《译边草》《译之痕》《草色遥看集》。

总序：学者散文漫议

◎ 柳鸣九

　　"本色文丛"现已出版三辑，共二十四种书，在不远的将来，将出齐五辑共四十种书。作为一个散文随笔文化项目，已经达到了一定的规模，也大致上形成了自己的特色：一是以"有作家文笔的学者"与"有学者底蕴的作家"为邀约对象，而由于我个人的局限性，似乎又以"有作家文笔的学者"为数更多；二是力图弘扬知性散文、文化散文、学识散文，这几者似乎可统称为"学者散文"。

　　前一个特点，完全可以成立，不在话下，你们邀哪些人相聚，以文会友，这是你们自家的事，你们完全可以采取任何的称呼，只要言之有据即可。何况，看起来的确似乎是那么回事。

　　但关于第二个特点，提出"学者散文"这个概念本身就是易于带来若干复杂性的问题，要说明清楚本就不容易，要论证确切更为麻烦，而且说不定还会有若干纠缠需要澄清。所有这些，就不是你们自己的事，而是大家关心的事了。

　　在这里，首先就有一个定义与正名的问题：究竟何谓"学者散文"？在局外人看来，从最简单化的字面上的含义来说，"学者散文"大概就是学者写的散文吧，而不是生活中被称为"作家"的那些爬格子者、敲键盘者所写的散文。

然而实际上，在散文这个广大无垠的疆土上活动着的人，主要还是被称为作家的这一个写作群体，而不是学者。再一个明显的实际情况就是，在当代中国散文的疆域里，铺天盖地、遍野开花的毕竟是作家这一个写作者群体所写的散文。

那么，把涓涓细流的"学者散文"汇入这个主流，统称为散文不就得了嘛，何必另立旗号？难道你还奢望喧宾夺主不成？进一步说，既然提出了"学者散文"之谓，那么，写作者主流群体所写的散文究竟又叫什么散文呢？虽然在中外古典文学史中，甚至在20世纪前50年的中国文学界中，写散文的作家，大多数都同时兼为学者、学问家，或至少具有学者、学问家的素质与底蕴。只是在近半个多世纪以来的中国文学界中，同一个人身上作家身份与学者身份互相剥离，作家技艺与学者底蕴不同在、不共存的这种倾向才越来越明显。我们注意到这种现实，我们尊重这种现实，那么，且把近半个多世纪以来由纯粹的作家（即非复合型的写作者）创作的遍地开花的散文作品，称为"艺术散文"，可乎？

似乎这样还说得过去，因为，纯粹意义上的作家，都是致力于创作的，而创作的核心就是一个"艺"字。因此，纯粹意义上的作家，就是以艺术创作为业的人，而不是以"学"为业的人，把他们的散文称为艺术散文，既是一种应该，也是一种尊重。

话不妨说回去，在我的概念中，"学者散文"一词其实是从写作者的素质与条件这个意义而言的。"素质与条件"，简而言之，就是具有学养底蕴、学识功底。凡是具有这种特点、条件的人，所写出的具有知性价值、文化品位与学识功底的散文，皆可称"学者散文"。并非强调写作者具有什么样的身份，在什么领域中活动，从事哪个职业行当，供职于哪个部门……

以上说的都是外围性的问题，对于外围性的问题，事情再复杂，似乎还是说得清楚的，但要往问题的内核再深入一步，对学者散文做进一步的说明，似乎就比较难了。具体来说，究竟何为"学者散文"？"学者散文"究竟具有什么特点？持着什么文化态度？表现出什么风格姿态？敝人既然闯入了这个文艺白虎堂，而且受托张罗"本色文丛"这个门面，那也就只好硬着头皮，提供若干思索，以就教于文坛名士才俊、鸿儒大家了。

说到为文构章，我想起了卞之琳先生的一句精彩评语，那时我刚调进外文所，作为他的助手，我有机会听到卞公对文章进行评议时的高论妙语。有一次他谈到一位年轻笔者的时候，用幽默调侃的语言评价说："他很善于表达，可惜没什么可表达的。"说话风趣幽默，针砭入木三分。不论此评语是否完全准确，但他短短一语毕竟道出了为文成章的两大真谛：一是要有可供表达、值得表达的内容，二是要有善于表达的文笔。两者缺一不可，如果两者具备，定是珠联璧合的佳作。这个道理，看起来很简单、很朴素，甚至看起来算不上什么道理，但的的确确可谓为文成章的"普世真理"、当然之道。对散文写作，亦不例外。

就这两个方面来说，有不同素养的人、有不同优势与长处的人，各自在不同的方面肯定是有不同表现的，所出的文字，自然会有不同的特点与风格。一般来说，艺术创作型的写作者，即一般所谓的作家，在如何表达方面无一不具有一定的实力与较熟练的技巧。且不说小说、诗歌与戏剧，只以散文随笔而言，这一类型的写作者，在语言方面，其词汇量也更多更大，甚至还能进而追求某种语境、某种色彩、某种意味；在谋篇布局方面，烘托铺垫、起承转合、舒展伸延、跌宕起伏、统筹安排、井然有序。所有这些，在中华文章之道中本有悠久传统、丰富经验，如今更是轻车熟路，掌握自如；在描写与叙述方面，不论是描写客观的对象还是自我，哪怕只是描写一个细小的客观对象，或者描写自我的某一段平常而普通的感受，也力求栩栩如生、细致入微，点染铺陈，提高升华，不怕你不受感染，不怕你不被感动；在行文上，则力求行云流水，妙笔生花，文采斐然，轻灵跃动；在阅读效应上，也更善于追求感染力效应的最大化，宣传教育效应的最大化，美学鉴赏效应的最大化。总而言之，读这一种类型的散文是会有色彩缤纷感的，是会有美感的，是会有愉悦感的，而且还能引发同感共鸣，或同喜或同悲，甚至同慷慨激昂、同心潮澎湃……

我以上这些浅薄认识与粗略概括是就当代与学者散文有所不同的主流艺术散文而言的，也就是指生活中所谓的纯粹作家的作品而言的。我有资格做这种概括吗？说实话，心里有些发虚，因为我对当代的散文，可以说是没有多少研究，仅限于肤表的认识。

在这里，我不得不对自己在散文阅读与研习方面的基础，做出如实的交代：实事求是地说，20世纪前50年的散文我还算读过不少，鲁迅、茅盾、冰心、沈从文、朱自清、俞平伯、老舍、徐志摩、郁达夫、凌叔华、胡适、林语堂、周作人等人的散文作品，虽然我读得很不全，但名篇、代表作都读过一些。这点文学基础是我从中学教科书、街上的书铺、学校的图书馆，以至后来在北大修王瑶的中国现代文学史期间完成的。在大学，念的是西语系，后又干外国文化研究这个行当，从此，不得不把功夫都用在读外国名家名作上面去了。就散文作品而言，本专业的法国作家作品当然是必读的：从蒙田、帕斯卡尔、笛卡儿、伏尔泰、狄德罗、卢梭，到夏多勃里昂、雨果、都德，直到20世纪的马尔罗、萨特、加缪等。其他专业的作家如英国的培根、德国的海涅、美国的爱默生、俄国的屠格涅夫等人的作品，也都有所涉猎。但我对中国 20 世纪 50 年代以后的半个多世纪以来的散文随笔就读得少之又少了，几乎是一穷二白。承深圳海天出版社的信任，张罗"本色文丛"，这对我来说，实在是"专业不对口"，只是为了把工作做得还像个样子，才开始拜读当代文坛名士高手的散文随笔作品。有不少作家的确使我很钦佩，他们在艺术上的讲究是颇多的，技艺水平也相当高，手段也不少，应用得也很熟练，读起来很舒服，很有愉悦感，很有美感。

不过，由于我所读的中国现代文学中的散文名家，以及外国文学中的散文作家，绝大部分都是创作者与学者两重身份相结合型的，要么是作家兼学者，要么就是我所说的"有学者底蕴的作家"，"近朱者赤近墨者黑"，耳濡目染，自然形成我对散文随笔中思想底蕴、学识修养、精神内容这些成分的重视，这样，不免对当代某些纯粹写作型的散文随笔作家，多少会有若干不满足感、欠缺感。具体来说，有些作家的艺术感以及技艺能力、细腻的体验感受，固然使人钦佩，但是往往欠于思想底气、学养底蕴、学识储蓄，更缺隽永见识、深邃思想、本色精神、人格力量，这些对散文随笔而言，恰巧是至关重要的东西。当然，任何一篇散文作品是不可能没有思想，不可能不发表见解的，但在一些作家那里，却往往缺少深度、力度、隽永与独特性。更令人失望的是，有些思想、话语、见识往往只属于套话、俗话甚至是官话的性质，这在一个官本位文化盛行的社会里是自然的、必然的。总而言之，往往缺少一种独立的、特定的、本色的精气神，缺乏一种真正特立独行而又具有普遍意义的人文精神。

以上这种情况已经露出了不妙的苗头，还有更帮倒忙的是艺术手段、表现技艺的喧宾夺主，甚至是技艺的泛滥。表现手段本来是件好事，但如果没有什么可表现的，或者表现的东西本身没有多少价值，没有什么力度与深度，甚至流于凡俗、庸俗、低俗的话，那么这种表现手段所起的作用就恰好适得其反了。反倒造成装腔作势、矫揉造作、粉饰作态、弄虚作假的结果。应该说，技艺的讲究本身没有错，特别是在小说作品中，乃至在戏剧作品中，是完全适用的，也是应该的，但偏偏对于散文这样一种直叙其事、直抒胸臆的文体来说，是不甚相宜的。若把这些技艺都用在散文中间的话，在我们的眼前，全是丰盛的美的辞藻，全是绵延不断、绝美动人的文句，全是至美极雅的感受，全是绝美崇高的情感……在我看来，美得有点过头，美得叫人应接不暇，美得叫人透不过气来，美得使人有点发腻。对此，我们虽然不能说这就是"善于表现，可惜没有什么好表现的"，但至少是"善于表现"与"可表现的"两者之间的不平衡，甚至是严重失衡。

平衡是万物相处共存的自然法则，每个物种、每个存在物都有各自的特点，既有优也有劣，既有长也有短，文学的类别亦不例外。艺术散文有它的长处，也必然有与其长处相关联的软肋。对我们现在要说道说道的学者散文，情形也是这样。学者散文与艺术散文，当然有相当大的不同，即使说不上是泾渭分明，至少也可以说是各有不同的个性。我想至少有这么两点：其一，艺术散文在艺术性上，一般地来说，要多于高于学者散文。在这一点上，学者散文有其弱点，但不可否认，这也是学者散文的一个特点。显而易见，在语言上，学者散文的词汇量，一般地来说，要少于艺术散文。至于其色彩缤纷、有声有色、精细入微的程度，学者散文显然要比艺术散文稍逊一筹；在艺术构思上，虽然天下散文的结构相对都比较简单，但学者散文也不如艺术散文那么有若干讲究；在艺术手段上，学者散文不如艺术散文那样多种多样、花样翻新；在阅读效果上，学者散文也往往不如艺术散文那么有感染力，能引起读者的悦读享受感，甚至引起共鸣的喜怒哀乐。其二，这两个文学品种，之所以在表现与效应上不一样，恐怕是取决于各自的写作目的、写作驱动力的差异。艺术散文首先是要追求美感，进而使人感染、感动，甚至同喜怒；学者散文更多的则是追求知性，进而使人得到启迪、受到启蒙、趋于明智。

这就是它们各自的特点，也是它们各自的长处与短处。这就是文学物种的平衡，这就是老天爷的公道。

讲清楚以上这些问题之后，我们再专门来说说学者散文，也许就会比较顺当了，我们挺一挺学者散文，也许就不会有较多的顾虑了。那么，学者散文有哪些地方可以挺一挺呢？

　　近几年来，我多多少少给人以"力挺学者散文"的印象。是的，我也的确是有目的地在"力挺学者散文"，这是因为我自己涂鸦出来的散文，也被人归入学者散文之列，我自己当然也不敢妄自菲薄，这是我自己基于对文学史和文学实际状况的认知。

　　从文学史的发展来看，无论中外，散文这一古老的文学物种，一开始就不是出于一种唯美的追求，甚至不是出于一种对愉悦感的追求；也不是为了纯粹抒情性、审美性的需要，而往往是由于实用的目的、认知的目的。中国最古老的散文往往是出于祭祀、记述历史，甚至是发布公告等社会生活的需要，不是带有很大的实用性，就是带有很大的启示性、宣告性。

　　在这里，请容许我扯虎皮拉大旗，且把中国最早的散文文集《左传》也列为学者散文型类，来为拙说张本。《左传》中的散文几乎都是叙事：记载历史、总结经验、表示见解，而最后呈现出心智的结晶。如《曹刿论战》，从叙述历史背景到描写战争形式以及战役的过程，颇花了一些笔墨，最终就是要说明一个道理："夫战，勇气也。一鼓作气，再而衰，三而竭。"我不敢说曹刿就是个学者，或者是陆逊式的书生，但至少是个儒将。同样，《子产论政宽猛》也是叙述了历史背景、政治形势之后，致力于宣传这一高级形态的政治主张："政宽则民慢，慢则纠之以猛，猛则民残，残则施之以宽。宽以济猛，猛以济宽，政是以和。"此一政治智慧乃出自仲尼之口，想必不会有人怀疑仲尼不是学者，而记述这一段历史事实与政治智慧的《左传》的作者，不论是传说中的左丘明也好，还是妄猜中的杜预、刘歆也罢，这三人无一不是学者，而且就是儒家学者。

再看外国的文学史，我们遵照大政治家、大学者、大诗人毛泽东先生的不要"言必称希腊"遗训，且不谈柏拉图与亚里士多德，仅从近代"文艺复兴"的曙光开始照射这个世界的历史时期说起，以欧美散文的祖师爷、开拓者，并实际上开辟了一个辉煌的散文时代的几位大师为例，英国的培根，法国的蒙田，以及美国的爱默生，无一不是纯粹而又纯粹的学者。说他们仅是"学者散文"的祖师爷是不够的，他们干脆就是近代整个散文的祖师爷，几乎世界所有的散文作者都是在步他们的后尘。只是后来由于各种复杂的历史原因，到了我们的现实生活里，才有艺术散文与学者散文的不同支流与风格。

这几位近代散文的开山祖师爷，他们写作散文的目的都很明确，不是为了抒情，不是为了休闲，不是为了自得其乐，而都是致力于说明问题、促进认知。培根与蒙田都是生活在欧洲历史的转变期、转型期，社会矛盾重重，现实状态极其复杂。在思想领域里，以宗教世界观为主体的传统意识形态已经逐渐失去其权威，"文艺复兴"的人文主义思潮与宗教改革的要求，正冲击着旧的意识形态体系，推动着历史的发展。他们都是以破旧立新的思想者的姿态出现的，他们的目标很明确，都是力图修正与改造旧思想观念，复兴人类人文主义的历史传统，建立全新的认知与知识体系。培根打破偶像，破除教条，颠覆经院哲学思想，提倡对客观世界的直接观察与以实验为基础的科学方法，他的散文几乎无不致力于说明与阐释，致力于改变人们的认知角度、认知方法，充实人们的认知内容，提高人们的认知水平。仅从其散文名篇的标题，即可看出其思想性、学术性与文化性，如《论真理》《论学习》《论革新》《论消费》《论友谊》《论死亡》《论人之本心》《论美》《说园林》《论愤怒》《论虚荣》，等等。他所表述所宣示的都是出自他自我深刻体会、深刻认知的真知灼见，而且，凝聚结晶为语言精练、意蕴隽永、脍炙人口的格言警句，这便是培根警句式、格言式的散文形式与风格。

　　蒙田的整个散文写作，也几乎是完全围绕着"认知"这个问题打转的，他致力于打开"认知"这道门、开辟"认知"这一条路，提供方方面面、林林总总的"认知"的真知灼见。他把"认知"这个问题强调到这样一种高度，似乎"认知"就是人存在的最大必要性，最主要的存在内容，最首要的存在需求。他提出了一个警句式的名言："我知道什么呢？"在法文中，这句话只有三个字，如此简短，但含义无穷无尽。他以怀疑主义的态度提出了一个对自我来说带有根本意义的问题：对自我"知"的有无，对自我"知"的广度、深度和力度，提出了根本性的质疑；对自我"知"的满足，对自我"知"的权威，对自我"知"的武断、专横、粗暴、强加于人，提出了文质彬彬、谦逊礼让，但坚韧无比、尖锐异常的挑战。如果认为这种质疑和挑战只是针对自我的、个人的蒙昧无知、混沌愚蠢、武断粗暴的话，那就太小看蒙田了，他的终极指向是占统治地位的宗教世界观、经院哲学，以及一切陈旧的意识形态。如此发力，可见法国人的智慧、机灵、巧妙、幽默、软里带硬、灵气十足，这样一个软绵绵的、谦让的姿态，在当时，实际上是颠覆旧时代意识形态权威的一种宣示、一种口号，对以后几个世纪，则是对人类求知启蒙的启示与推动。直到 20 世纪，"Que sais‑je"这三个简单的法文字，仍然带有号召求知的寓意，在法国就被一套很有名的、以传播知识为宗旨的丛书，当作自己的旗号与标示。

在散文写作上，蒙田如果与培根有所不同，就在于他是把散文写作归依为"我知道什么呢？"这样一个哲理命题，收归在这面怀疑主义的大旗下，而不像培根旗帜鲜明地以打破偶像、破除教条为旗帜，以极力提倡一种直观世界、以科学实验为基础的认知论。但两人的不同，实际上不过是殊途同归而已，两人的"同"则是主要的、第一位的。致力于"认知"，提倡"认知"便是他们散文创作态度的根本相同点。值得注意的是，在他们的笔下，散文无一不是写身边琐事、花木鱼虫、风花雪月、游山玩水，以及种种生活现象；无一不是"说""论""谈"。而谈说的对象则是客观现实、社会事态、生活习俗、历史史实，以及学问、哲理、文化、艺术、人性、人情、处世、行事、心理、趣味、时尚等，是自我审视、自我剖析、自我表述，只不过在把所有这些认知转化为散文形式的时候，培根的特点是警句格言化，而蒙田的方式是论说与语态的哲理化。

从中外文学史最早的散文经典不难看出，散文写作的最初宗旨，就是认识、认知。这种散文只可能出自学者之手，只可能出自有学养的人之手。如果这是学者散文在写作者的主观条件方面所必有的特点的话，那么学者散文作为成品、作为产物，其最根本的本质特点、存在形态是什么呢？简而言之，就是"言之有物"，而不是"言之无物"。这个"物"就是值得表现的内容，而不是不值得表现的内容，或者表现价值不多的内容，更不是那种不知愁滋味而强说愁的虚无。总之，这"物"该是实而不虚、真而不假、厚而不浅、力而不弱，是感受的结晶，是认知的精髓，是人生的积淀，是客观世界、历史过程、社会生活的至理。

既然我们把"言之有物"视为学者散文基本的存在形态，那就不能不对"言之有物"做更多一点的说明。特别应该说明的是，"言之有物"不是偏狭的概念，而是有广容性的概念；这里的"物"，不是指单一的具体事物或单一的具体事件，它绝非具体、偏狭、单一的，而是容量巨大、范围延伸的：

就客观现实而言，"言之有物"，既可是现实生活内容，也可是历史的真实。

就具体感受而言，"言之有物"，是言之由具象引发出来的实感，是渗透着主体个性的实感，是情境交融的实感，特定际遇中的实感，有丰富内涵的实感，有独特角度的实感，真切动人的实感，足以产生共鸣的实感。

就主体的情感反应而言，"言之有物"，是言之有真挚之情，哪怕是原始的生发之情。是朴素实在之情，而不是粉饰、装点、美化、拔高之情。

就主体的认知而言，"言之有物"，首先是所言、所关注的对象无限定、无疆界、无禁区，凡社会百业、人间万物，无一不可关注，无一不应关注，一切都在审视与表述的范围之内。这一点固然重要，但更为重要的是，对关注与表述的对象所持的认知依据与标准尺度，是符合客观实际的，是遵循科学方法的。更更重要的是，要有独特而合理的视角，要有认知的深度与广度，有证实的力度与相对的真理性，有耐久的磨损力，有持久的影响力。这种要求的确不低，因为言者是科学至上的学者，而不是感情用事的人。

就感受认知的质量与水平而言，"言之有物"，是要言出真知灼见、独特见解，而非人云亦云、套话假话连篇。"言之有物"，是要言出耐回味、有嚼头、有智慧灵光一闪、有思想火光一亮的"硬货"，经久隽永的"硬货"。

就精神内涵而言，"言之有物"，要言之有正气，言之有大气，言之有底气，言之有骨气。总的来说，言之要有精、气、神。

最后，"言之有物"，还要言得有章法、文采、情趣、风度……你是在写文章，而文章毕竟是要耐读的"千古事"！

以上就是我对"言之有物"的具体理解，也是我对学者散文的存在实质、存在形态的理念。

我们所力挺的散文，是"言之有物"的散文，是朴实自然、真实贴切、素面朝天、真情实感、本色人格、思想隽永、见识卓绝的散文。

我们之所以要力挺这样一种散文，并非为了标新立异、另立旗号，而是因为在当今遍地开花的散文中，艳丽的、娇美的东西已经不少了；轻松的、欢快的、飘浮的东西已经不少了；完美的、理想的东西已经不少了……"凡是存在的，必然是合理的"，请不要误会，我不是讲这些东西要不得，我完全尊重所有这些的存在权，我只是说"多了一点"。在我看来，这些东西少一点是无伤大雅、无损胜景、无碍热闹欢腾的。

然而相对来说，我们更需要明智的认知与坚持的定力，而这种生活态度，这种人格力量，只可能来自真实、自然、朴素、扎实、真挚、诚意、见识、学养、隽永、深刻、力度、广博、卓绝、独特、知性、学识等精神素质，而这些精神素质，正是学者散文所心仪的，所乐于承载的。

2016 年 9 月 20 日完稿

目录
CONTENTS

译之痕

第一次人生：数学

在复旦数学系学了五年数学，在华东师大数学系教了二十八年数学（其间有两年去巴黎高师进修黎曼几何），最后改行从事文学翻译工作，跨度不可谓不大。改行的内因，是拗不过自己的性子，我从小喜欢看杂书，在不知不觉中滋生了对文学的兴趣和对翻译的向往。在法国的两年进修生活，则是相当重要的一个外因。巴黎高师是一个汇聚"天之骄子"的著名学府（入学条件非常严苛），我在那里结识的好友，偏偏学的都是文科：Vincent 是学文学的，Agnès 是学哲学的……整个校园的氛围又是那么宽松而充满人文气息。在这样的环境中，我的思路开阔了，胆子也大了，感到改行做自己真正热爱的事，开始一段新的人生道路，不仅可以，而且是应该的。

但我是公派出国进修，不能说走就走，所以我仍在数学系任教，当教研室主任，当研究生导师。我的想法是，尽管我志不在此，但还是得有若干年的时间努力报效学校才对。此时，有个国际性的学术会议（微分几何、微分方程国际会议）在上海举行，我被安排作半小时报告，在会上宣读了自己的论文。会后反响不错。在高兴之余，四个字在我脑海里挥之不去：急流勇退。人，难在认识自己。我既已认清了自己到底要什么，那就应当适时全身而退。知天命之年，是该走的时候了。走，意味着放弃不少东西，但我去意已决，顾不得那些。

我是个内向的、容易纠结的人。但让我庆幸的是，在人生的重大关头，我没有太过纠结。当时做出的决定，尽管朋友中十个有九个半不赞成，甚至觉得我在"作"，但我至今不悔。恍惚间，我感到自己比旁人多了一次人生。除了数学这第一次人生，我还有文学翻译那第二次人生。

翻译是一种选择：《成熟的年龄》

在巴黎高师进修数学期间，认识了金德全，他是柳鸣九先生的研究生，在巴黎大学进修文学。交往一段时间以后，他对我说，他正在编一个"波伏瓦研究"的集子，想让我译波伏瓦的一个中篇《成熟的年龄》。翻译的机遇这么不期然而至，我在感到突然的同时，也有些兴奋。

写数学论文要花费大量的时间和精力，翻译小说只能是"业余"的副业。全部译稿在回国后才完成。波伏瓦首先是个哲学家，她的文字很平顺，味道淡淡的，好像写得一点不着力。这样的文字，很适合初学翻译者"练手"。但我并不敢怠慢，译稿一遍遍修改，一遍遍重抄，折腾了好久才算定下稿来。碰巧这时有幸认识了郝运先生。他看了我的译稿，给了我充分的鼓励，并且对照原文在译稿上作了修改、加了批注。

回想起来，我从他那儿得到的最大的教益，就是"贴着原文译"——就好比钢琴家，首先要学会的是"照谱弹"。这事说起来容易，做起来相当难，郝先生的做法，近乎作坊师傅带徒弟。我至今认为，这是最有效的方法。

1982年下半年，终于把经郝先生修改的译稿托人捎给了德全兄。后来，又将另一份誊写稿直接寄给了柳先生。让我想不到的是，它要等到十年以后的1992年，才能变成铅字收入《西蒙娜·德·波伏瓦研究》。

但比这一切都更重要的是，我做出了一个选择，悄悄地开始了文学翻译这第二个人生。

寻找文字背后的感觉：《古老的法兰西》

回国后不久，徐知免先生写信来，为《当代外国文学》

杂志约译中篇小说《古老的法兰西》，并把原书一并寄下。学法语时，读过徐先生编的语法书，一直对他心存敬意。为了不辜负他的信任，我译得很投入，努力去捕捉洗练、生动、白描式的文字背后的感觉。我在床边放一张纸和一支笔，半夜醒来突然想到一个合适的词或句子，马上摸黑写下来。第二天清晨看着歪歪斜斜的字，心里充满欢喜。徐先生收到寄去的译稿后，回信称赞拙译"清新、传神"，使我大受鼓舞。

但译文在杂志上发表时，标题被改成了《法兰西风情》。我觉得这个标题非常不合适，写信给徐先生力陈己见。在我看来，作者想写的是"古老的法兰西啊，你这片充满愚昧、无知的土地……"。这种况味，与"法兰西风情"是大相径庭的。

但是木已成舟，杂志上的标题是改不回来了。六七年以后，这个中篇被收入《马丁·杜加尔研究》书中时，才恢复了"古老的法兰西"的原名。

尝试粗犷的笔触：《王家大道》

小说《王家大道》，叙述的是一个笼罩在死亡阴影下的故事，它几乎就是作者在莽莽密林中的冒险之旅的写照。小说粗犷雄浑的风格，是马尔罗本人气质的流露，是从他的心灵深处涌现出来的。在他笔下的印度支那密林，蛮荒而诡异；

置身于这片神秘浩茫的背景上的人物，刚毅，强悍，但又不时感到死亡的念头在脑际萦绕。这种气质，与我自己的相距较远。翻译过程中，常会感到有些"隔"。在这一点上，译者也许就像演员。本色演员有他的长处，但也有短处——他往往会难以为继。我在心里对自己说，译者得做"性格演员"（能够假想自己是作者或作品中的人物）才好，老是"本色出演"是行之不远的。

译稿最初收入柳鸣九先生主编的"法国廿世纪文学丛书"，1987年底由漓江出版社出版。1997年，由译文出版社重新出版。2011年华东师大出版社决定出版拙译文集，当年6月出版社版权部向法方洽谈购买版权事宜。不想看似很简单的一件事，居然拖宕了两年多的时间。直至2014年1月，《王家大道》译本才姗姗来迟，与早已出版的"周克希译文集"前13种译作会合，结束了长达一年的"失联"状态。版权"一夫当关"，竟能把套书的出版时日生生推迟，让译者和编辑如此无可奈何，实在真是始料不及。

深深的怅惘：《不朽者》

1984年初在校图书馆看到都德的长篇小说 *L'immortel*（《不朽者》）时，不由得动了心。都德的短篇小说《最后一课》，可以说是尽人皆知。他还写过十来部长篇，译成中文的却好像只有《小东西》等两三部。都德小说的文字，笔端饱含感情。这种无所不在的感情，在好些作品中都表现为"含泪的微笑"、蕴藉的幽默，而《不朽者》却以磅礴于字里行间的激愤为基调，即便说是嬉笑怒骂皆成文章，也总让人感到笑声、骂声背后的那份沉郁和酸辛。我想尽力传达这种激情，于是按照傅雷的说法，逐段逐句地揣摩，假如（当然只是假如而已）都德是中国人，他会怎么下笔。

我译得很投入，但很缓慢，直到四年以后才完稿。这四年间，家里发生了两次重大的变故：1986年6月母亲病故，1988年初父亲病重住院。全书翻译的最后阶段，正是父亲生命的油灯即将点尽的阶段。除夕夜，我在瑞金医院的病房里和父亲一起吃了年夜饭。第二天，大年初一阴冷的早晨，尽管外面鞭炮放得正热闹，我的心却感到压抑、凄凉。就是在这么一个早晨，就是在这么一种心情下，我译完《不朽者》的最后一个章节，在留下年迈双亲手泽的译稿末尾，写下了"译毕于二月十七日，年初一早晨"这几个沉重的字样。二十天后，父亲去世。这部见证了我的忧伤的译作，本身也命运不济，又过了五年才得以面世。

记得刚开始曾试译千余字交出版社，总编看后据说当即拍板，编辑室主任第二天就和我签订了翻译合同。饶是如此，译稿还是命运多舛。其间，出版社一度建议将它收入都德小说选集，但我太想在译文社出一个单行本了，所以没接受这个建议。还有一种意见认为书名"不朽者"太不吸引眼球，最好能改换一下，我也没有同意。

《不朽者》，终于成了我这个不很听话的初学者的第一个单行本（没收入译丛的）译作。但1984年起译，1993年出书，又是一个十年。

大仲马情趣：《基督山伯爵》

1990年下半年，韩沪麟和我应译文出版社之约，合译《基督山伯爵》，他译前半部，我译后半部。这部120万字篇幅的小说，从开译到1991年底出书，只用了一年稍多一些的时间。

2011年华东师大出版社拟将这部小说收入拙译文集。我向沪麟兄打招呼，表示想重译前半部，他慨然答允，大度而无芥蒂。于是，我摈弃顾虑，放手重译。说是重译，其实跟新译没什么不同。前半部完全重起炉灶，从新翻译。后半部虽说是自己的旧译，隔了多年回头去看，也觉得几乎应该推倒重来。其中原因，一是理解上的问题，这么些年"跌打滚爬"下来，在对原文的理解上多少有些长进，看旧译几乎每行每段都有修改的冲动。二是行文习惯上的问题，举例来说，当初用的"的了吗呢"，现在看来不妨能删就删。

大仲马的小说，文字纯正、流畅而有情趣。以前我们似乎有点小看大仲马，对他的有些小说的印象是"故事好看，文字欠佳"，其实责任并不在作者。这位精力旺盛、特别会讲故事的小说家自视甚高，不是没有道理的。

我想尽量译出那种带有时代印记、浓墨重彩而又生动流畅的"大仲马情趣"。这种情趣是小说所固有的，但译者倘若不满足于仅仅有几分像，而要努力把它淋漓尽致地表现出来，那就得有一份对艺术作品的敬畏心，就得不计时间"成本"，全身心地投入进去。

重温少年侠气：《三剑客》

《侠隐记》是我少年时代很爱看的一本小说，侠气逼人的主人公，使一颗幼小的心灵为之震颤。那时看翻译小说，并不注意译者为何人。知道《侠隐记》就是《三个火枪手》或《三剑客》，知道译者伍光建是复旦教授伍蠡甫的父亲，都是很久以后的事——我在复旦念数学时，去外语系听过伍蠡甫的讲座。伍先生演讲很特别，手里拿着一本英文书，边看边讲。讲的是艺术史,讲到一处,突然卡住,问台下前排的听众:"Full Stop 是什么?"学生答曰:"句号,一点。"

我虽在数学系读书,却爱看小说,看得又多又快又杂。有一次借了英文的 *The Three Musketeers* 来看。看着看着,觉得这本曾使我心向往之的小说,英文并不难懂。一时手痒,试着翻译了几页,自己觉得还行。同寝室睡我下铺的养廉兄,是这几页可怜的"处女译"的唯一读者。我找来李青崖的译本《三个火枪手》,悄悄地比对了一番,心里暗自想,翻译好像并不神秘。但事情也就到此为止,别说那几页纸早就不知去向,就连这件事,也很快就被遗忘了。

直到人民文学出版社约译这部小说,记忆中的往事才浮现了出来。记得那是家里刚开始装空调的年头,在大热天里,全家人围坐在餐桌前,分头帮我誊写《三剑客》的译稿,那种氛围,令人不胜怀念。

交稿后不久,编辑来长途电话,说译得不错,但她仍有不少改动之处,并举了两个例子。第一个例子是在"用大手笔勾勒出来的肖像画"中,将"大手笔"改成"名家手笔",理由是原文为 main de maître。第二个例子也是相仿的情况。这大大出乎我的意料。而我激烈的反应,也大大出乎她的意料。她说,想不到平时很随和的我,竟会比一些翻译名家

（她举了几个我熟知的名字）还"不好说话"。我说，那就把稿子撤回吧。她毕竟宅心仁厚，没计较我的态度，同意把校样寄给我，所有改动是否采纳以我的意见为准。我至今很感激她的宽容。

苦心不会白费：《包法利夫人》

1996年初，我任职的译文出版社约我重译福楼拜的《包法利夫人》。

这部篇幅并不算大的小说，我译了整整两年。译文一改再改，几易其稿。每日里，我安安生生地坐在桌前，看上去似乎悠闲得很。其实，脑子在紧张地转动、思索、搜寻，在等待从茫茫中隐隐显现的感觉、意象、语词或句式，性急慌忙地逮住它们，迫不及待地记录下来。每个词，每个句子，每个段落，都像是一次格斗乃至一场战役。卫生间近在咫尺，但不到"万不得已"，我不会从写字桌前立起身来。我唯恐思绪一旦打断，会难以再续，我担心那些感觉和意象，会倏尔离我而去。

评论家称福楼拜的文字有音乐性，"甚至可以在钢琴上弹奏出来"。这样说也许只是形容，但他的文体之讲究，用词之妥帖，语句之富有节奏感，在阅读原文时确实是可以感觉到的。所以我对自己译文的要求是：选词力求精准，语句力求上口。陈村兄在代序中说："他的译文是可以读的，我曾出声地读，很舒服。他的文字不夸张更不嚣张，肯用真嗓平常地说，把功夫做到了内里，贴心贴肺。"真诚的称赞令我感动，让我相信译者的苦心不会白费。

用心去感受：《小王子》

译文社约译的另一部小说《小王子》，一开始也是"遵命文学"，但译着译着，动了感情。这是一部写给孩子，更是写给"曾经是孩子的"大人看的小说。文字应该明白如话；基调是一种诗意的忧郁，一种淡淡的哀愁。要用孩子的语言来表达深刻的哲理。"本质的东西用眼睛是看不见的，只有用心才能感受"——翻译也是这样。

小说中的狐狸是个智者，他提出了一个很重要的概念apprivoiser。我一开始按它的基本释义，译成"驯养"。但后来觉得这个译法放在上下文中间，好像有点突兀。为了追求译文"明白如话"，我反复改成"跟……要好""跟……处熟"，甚至"相与"之类的译法。但我心里明白，这些译法都没有到位。最后，仍然采用"驯养"的译法。看来只是回到了原点，其实动荡不安的思绪，是在语词的丛林中游荡了一圈、踟蹰了一番过后，才最终落定在了这一点上。

十多年过去了，如今孙儿载欣已经到了听故事的年龄。我把《小王子》的大致内容，尽量绘声绘色地讲了一遍，他听得非常专心。听完后，他要求"拿书读给我听"。我逐字逐句地读，他似懂非懂地听，入神的表情让我心生暖意。过后有一天坐在车上，他望着车顶的移动玻璃天窗，若有所思地说："天上在笑的星星，就是小王子吗？"

略带佻达的文体：《侠盗亚森·罗平》

调至译文出版社做编辑以后，有很长一段时间与任溶溶先生同在一个办公室上班。任老是我们敬仰的前辈，他平时和同事相处，却没有一点架子，随和、亲切而又风趣。

他主政《外国故事》杂志后，向我约稿，要我每期为杂志译写一篇亚森·罗平。亚森·罗平在法国侦探小说中的地位，跟福尔摩斯在英国相当。但他并非福尔摩斯那样的侦探，而是经常跟侦探对着干的所谓"侠盗"。从中也许可以看出法、英两个民族（至少在那个时代）不同的性格特点。罗平是"盗"，然而"盗亦有道"，这个侠盗在身为法国人的作者眼中，比福尔摩斯更可爱。因而，小说的语言用的是灵动的口语体，活泼，轻松，有时甚至略带佻达的意味。

译笔贵在传神：《格勒尼埃中短篇小说集》

记不起确切的年份了，但既然有母亲誊写的译稿，那就一定是在 1986 年之前。我译了格勒尼埃的《奥菲在塔斯马尼亚》等三个短篇，投稿给《外国文艺》杂志，迟迟不见动静。后来才知道，当时看稿的编辑的感觉是"不知所云"。老编辑退休后，由建青兄接手这几篇稿子，他觉得"味道很好"，很快就刊发了。而后，柳鸣九为"法国廿世纪文学丛书"约译格勒尼埃的作品，我就又译了若干中篇和短篇，柳先生将这些篇什和罗嘉美女士的译作合在一起收入丛书。让我稍感遗憾的是，书名叫作《未婚妻》。

格勒尼埃的写作风格和契诃夫一脉相承，淡而雅致。契诃夫，也确实是这位法国当代小说家心仪的作家。我第二次去巴黎时，他送我的书中，有一本随笔集《瞧那飘落的雪——契诃夫印象》。我喜欢这本小书，起过翻译之念，但终因对契诃夫不够熟悉而放弃了这个念头。

我喜欢归有光，喜欢汪曾祺，所以对以淡为审美风格的作品有所偏爱。但喜爱归喜爱，要体味淡雅背后的神韵，并把它翻译出来，传达给读者，却是另一码事。唯其淡，更要细细琢磨——或者说咂摸——字里行间的意味和情趣。译出的文字是淡而无味，还是淡而有神，关乎译品的"格"。对译者而言，传神是一种追求，一种虽不能至而心向往之的境界。有追求和没有追求，往往也只存乎一念之间。

文字应求鲜活：《幽灵的生活》

在法国期间结识的朋友中，阿涅丝是个爱书之人。初次相见，她的名字 Agnès 让我想起《大卫·考坡菲》中的艾格尼丝（Agnes）。狄更斯的这部长篇，曾是我心爱的小说。我回国后，阿涅丝陆续给我寄了一些书来。其中有哲学家柏格森的《创造进化论》，也有这本小说《幽灵的生活》（*La vie fantôme*）。

《幽灵的生活》是当代作品，其中的语言非常鲜活。想译好，唯一的办法是投入。投入，就要聚精会神，尽可能找到作者写作时的感觉。投入，就要充满柔情，"犹如母熊舔仔，慢慢舔出宝宝的模样"，静静地、仔细地把感觉到的东西在译文中传达出来，让读者也能感觉到它。而这样做，就要舍得花时间、花精力。我很喜欢梁实秋在一篇文章中说的例子：某太太烧萝卜汤特别好吃，朋友请教诀窍，答案是烧的时候要舍得多放排骨、多放肉。对译者来说，那就是翻译的时候要舍得多花时间、多花精力。

好几个朋友看了这本书，都说好看。有一个年轻朋友说她是连夜看完的。这些，都是对译者最好的褒奖。

"悠悠万事，一卷为大"：
《追寻逝去的时光·第一卷·去斯万家那边》

普鲁斯特的文体，自有一种独特的美。那些看似"臃肿冗长"的长句，在他笔下不仅是必要的，而且是异常精彩的。因为他确实有那么些纷至沓来、极为丰赡的思想要表达，确实有那么些错综复杂、相当微妙的关系和因由要交代，而这一切，他又是写得那么从容，那么美妙，往往一个主句会统率好几个从句，而这些从句中又不时会有插入的成分，犹如一棵树分出好些枝丫，枝丫上长出许多枝条，枝条上又结出繁茂的叶片和花朵。

然而，对译者来说，每一个这样的长句，无异于一个挑战。第一，你得过细地弄明白作者要表达怎样的思想，越是微妙之处，越要问个究竟。有时一个词得查不止一次词典，还得细查法文原版词典，才能把握确切的含义。第二，你必须理清整个长句（乃至它所在的这个段落）的脉络，看准主句、从句、插入句之间的关系。第三，你最后还得把偏于理性的分解（我觉得这有些像古汉语的句读）还原成偏于感性的描述或情绪，然后想象自己就是会写中文的普鲁斯特，一气呵成地把这个长句写成合乎汉语表达习惯的（不带翻译腔的）中文。

面对这样的挑战，我犹豫过，也不止一次地尝试过。先是参加译林版《追忆似水年华》（1991年）的译事，与张寅德、张小鲁合译第五卷《女囚》，而后为译文社"青年世界文学名著丛书"翻译第一卷的节本（蓝本就是节本，所以是翻译，而不是编译或编写），一个小册子，用了《追忆逝水年华》这样宏大的书名。而下决心翻译《追寻逝去的时光·第一卷·去斯万家那边》，意味着真正踏上"追寻普鲁斯特"这条甘苦难为外人道的漫长的道路。涂卫群、张文江和其他一些好友，义无反顾地陪伴我走在这条充满艰辛的路上。

张文江送我的八个字"悠悠万事，一卷为大"，可谓意味深长。当时我给台湾的朋友刘俐写信，曾提到这种近乎"沉溺"的状态，具体怎么写现在想不起来了，但她略带调侃的回信我还保留着："读到你在译 Proust 的两三年间，失眠、忧郁，甚至六亲不认，我深觉不安。一直怂恿你去干这种呕心沥血的活，未免残忍。译一本书，必须与它朝朝暮暮，耳鬓厮磨，非得 amoureux（恋爱）才行。'失眠、忧郁，甚至六亲不认'，这倒像是 amoureux 的症候。"

文采来自透彻理解：《追寻·第二卷·在少女花影下》

什么是文采，始终是萦绕在脑际的一个问题。说话有说话的腔调，写作也有写作的基调。刚开始翻译第一卷时，有很长一段时间，总觉得把握不好译文的基调。译着译着，就会不自觉地往华丽的路子上去铺陈。但越是往下译，越是反复看原文，就越是觉得惘然、迷惑，觉得不对路，感到无法传达普鲁斯特令人赞叹的精妙之处。这种感觉，以前翻译别的小说，包括翻译《包法利夫人》时，好像从来没有如此强烈过。

于是，第一卷的前百把页译稿，翻来覆去地改了又改。渐渐地，有个信念变得明晰起来，那就是翻译的文采来自对原文透彻的理解，来自感觉的到位。文采不等于清词丽句，更不应该是故作昂扬的"洒狗血"。文采这个宁馨儿，是理解和感觉的结晶。对福楼拜是这样，对普鲁斯特仍然应该是这样。

用了将近半年的时间摸索尝试、慢慢熟悉普鲁斯特这样一位在文学史上地位那么崇高的作家，是值得的。不仅第一卷后来的译事变得比较顺利，开译第二卷时，也不再那么彷徨、纠结了。即便如普鲁斯特这样伟大的作家，他的"声音"也不是如神谕那般缥缈不可即，而是平实的，清晰的，充满生活气息的，如同常人一样用真嗓说出的。他的文字有力，并不是因为他喊得响，他的文字美妙，也不是因为他要笔花。普鲁斯特地位崇高，我对他有高山仰止之感，这是很自然的。但作为译者，我不能老是仰视他，而应该学会用平视的眼光去看待他的文字。只有这样，才有可能像他想的那样去想、像他感觉的那样去感觉。"高山仰止，景行行止"，我想对翻译而言，应该就是这个意思。翻译，当然需要技巧，但更重要的是需要有一个好的心态，那就是既要有敬畏感，又不要迷信，归根结底，要有一颗平常心。

　　第二卷《在少女花影下》是得龚古尔奖的作品。它确实是一部写得特别美的小说。小说中有许多段落，都是让人看过以后难以忘怀的。好友涂卫群在为这一卷写的序言中，引用了一个段落"来表达阅读译文的总体感觉"："这群少女有如一团谐美的浮云，透过她们身上，散发出一种变幻不居的、浑然一体的、持续往前移动的美。"她认为："在这一卷里，普鲁斯特作为一位多才多艺的作家，将他诗人的才情、哲人的深思、小说家塑造人物的天赋发挥到极致。它是在普鲁斯特的才华处于最为平衡与充盈状态下完成的一卷。"这是普鲁斯特专家的真知灼见。

惨淡经营和个人色彩：《追寻·第五卷·女囚》

译毕第二卷后，面临的选择是：译下去还是就此歇手？若译下去，是否循规蹈矩译第三卷？这样的选择，使我心里很纠结。最后，终于决定不按常理出牌，跳过第三、四卷，直接翻译第五卷《女囚》(*La prisonnière*)。一则，当年曾在译林版中译过这一卷开头约八万字。这八万字，现在回过头去看，似乎大体上还过得去。若以旧译为蓝本，可以稍稍偷点懒。二则，这一卷涉及文学艺术的内容多而精彩，这些段落令我心驰神往。

机缘凑巧，华东师大出版社王焰社长慨然同意我这种"颠三倒四"的译法，决定将此卷收入筹备中的"周克希译文集"。出版社的支持，是一种保障，也是一种督促。我在大幅度修改《基督山伯爵》旧译的同时，开始了第五卷的译事。

林斤澜曾评价汪曾祺写散文是"惨淡经营的随便"。翻译，说到底也必须惨淡经营。惨淡经营的译文往往会给人一种错觉，好像那很容易翻译，读者甚至会以为原文就是这样，译文不过是顺手随便写下来而已。这就像玻璃，越是加工得精细，所含的杂质越是少，你就越不容易感觉到它的存在（遇到擦得非常干净的玻璃门，我会一头撞上去，这样的事不止一次地发生过）。译者如果能像玻璃一样，让读者几乎感觉不到他的存在，仿佛直接看到了作者，那当然好。但一般而言，这种情况只是一种理想状态，翻译实践中很少出现。译文，几乎不可避免地会带有译者性格、气质、趣味等的印记。不同的译本，之所以在读者眼中会显得很不一样，就是因为译者毕竟不是玻璃，他不可避免地会让细心的读者感觉到他的存在。

《女囚》开头，有一句译文："街上初起的喧闹，有时越过潮湿凝重的空气传来，变得喑哑而岔了声，有时又如响箭在寥廓、料峭、澄净的清晨掠过空旷的林场，显得激越而嘹亮；正是这些声音，给我带来了天气的讯息。"其中，"又如响箭……掠过空旷的林场，显得激越而嘹亮"，实在是一种带有个人色彩的译文。原文中的 aire 是平地、空地，未见得就是林场；flèches 是箭，未见得就是响箭；"空旷的林场"，未见得有"宽广而又响声不绝的空地"来得贴近原文。但我按自己的感觉那样译了。如果换到现在，会不会译成另一个样子呢？说不准，恐怕也未见得。

翻译普鲁斯特的一大难点，是长句的翻译。据说全书七卷中最长的一句，就是第五卷中的这一句："长沙发从遐想中浮现在异常真实的新扶手椅中间，一张张靠背椅蒙上了玫瑰色的丝绸，牌桌上的镂花台毯俨然有着人的尊严，跟人一样有自己的过去，有自己的记忆，此刻……它们在雕镂、展示韦尔迪兰夫妇多处宅第的理想形态，让这种内在的形态具有灵性，充满生机。"我在电脑上看了一下字数统计，这一句共有718个字（中间的那个省略号是我加的，它代表了近600字）。不过，心里一旦有了"先感觉，后经营"的主心骨，不惜多花时间，不怕七改八改，长句也就不成其为"拦路虎"了。

只因为热爱：《译边草》

《译边草》是我写（而不是译）的一本小书，它记录了我"弃数从译"以来的心路历程。它的缘起，和杨晓辉（南妮）分不开。没有她的建议、督促和鼓励，就不会有陆续在《新民晚报》文学角刊登一年多的那些小文章，也就不会有《译边草》这本小书。代后记的题目"只因为热爱"，也是她为我取的。

在晚报上发表时，用的是"译余琐掇"这样一个专栏名。在准备把文章整理成一本小书出版的过程中，老友施康强建议剥用钱锺书先生《写在人生边上》的书名，就叫"写在译文边上"。我觉得这意思好。后来与萧华荣兄说起此事，他说：何不就叫"译边草"呢？我一听就喜欢这个书名。草，是小草，也是草稿；译边草，既有点空灵，也有点写实。一路走来的"译之痕",确实只是一些小草,一些尚有待继续打磨的译品所留下的淡淡痕迹。

终有一别:《〈追寻逝去的时光〉读本》

普鲁斯特的《追寻逝去的时光》,我在译出第一、二、五卷以后,渐渐萌生出一个想法:这部七卷本的小说,不妨有个选读的译本。

按说,好的文学作品是不宜作任何删节的。但有个现实的情况摆在眼前,使我不想坚守这个信条。这个令人多少有些气短的现实是,普鲁斯特这部翻译出来有两百多万字的巨著,肯下决心而又能有时间去完完整整地读它的读者,真是少而又少。看到法国作家法朗士的下面这段话以后,我更感到做个节选本是有理也有益的。1919年普鲁斯特的《在少女花影下》(《追寻》第二卷)参评龚古尔奖,当时已经七十五岁的法朗士表示不想读这本书,他叹息道:"生命太短暂而普鲁斯特太长……"这位阿纳托尔·法朗士可是普鲁斯特年轻时极为推崇的大作家,《追寻逝去的时光》中作家贝戈特这个人物,正是以法朗士为原型创作的。我们当下的社会,各种压力更大,跟普鲁斯特的长卷相比,我们的生命似乎更为短暂。如果能编一个《追寻》选读本,选取原作中的片段,原封不动地保留，然后用"串联词"把它们串联起来，把故事脉络和人物关系交代清楚，也许可以让更多的人有兴趣、有时间、有勇气读它，让更多的读者领略普鲁斯特到底好在哪儿，激发阅读全部文本的热情。

这个想法，得到涂卫群的支持，她热情地同意和我合作，一起来做这件艰难而有意义的事情。我们对自己提出的要求，首先是要有颗平常心。有了平常心，才可能走得更远。

译后余墨："追寻廿钞"

选本的段落选得较短时，有点像摘句，有的朋友看了，觉得倒也别有情趣。恰好这时上海图书馆手稿馆黄显功送我一沓笺纸，我一时兴起，用《追寻》的摘句作为内容，在笺纸上试写几页，只觉得这些笺纸质地紧密而又不滞不滑，比我曾经写过的那些宣纸（其实那也少得可怜）好得多。请教了黄主任，才知道这是上海图书馆定制的以饾版技法手工木版水印的笺纸。他鼓励我多写一些，我就鼓足勇气写了二十来张才歇手。黄老师特地请了周颗谷、刘葆国两位先生为我刻了印章，至今未曾谋面的友人一毛兄也慷慨地刻了六方小印相赠。我的毛笔字没有功底，写的东西谈不上是书法作品，只是用毛笔字抄写的《追寻》译文而已。但三位篆刻家

的印章，却为这"追寻廿钞"增色不少。（图1，图2）

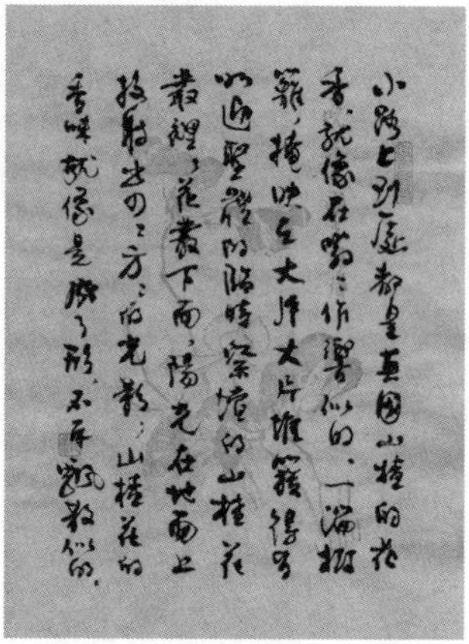

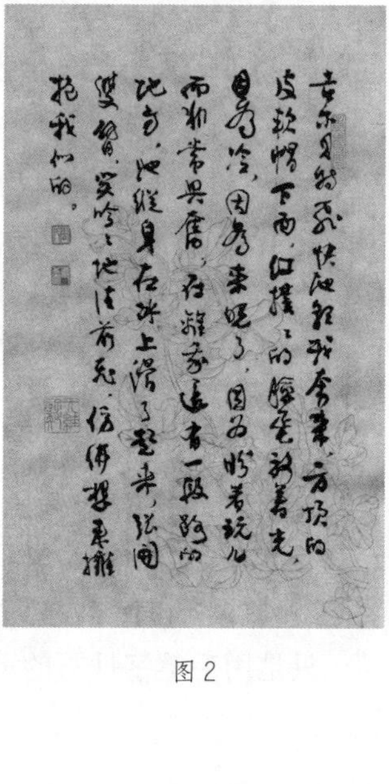

童心未泯：绘本十六种及其他

《追寻》第五卷译毕交卷后，华师大出版社又约译一套童书。看到他们寄下的十六本原版书，我心动了。这些法文绘本，篇幅长短不等，《丑小鸭》这样的安徒生作品，是一字不落的原文（当然，是法文，而不是丹麦文。但没作任何删节），《三只小猪》之类的童话，则是给年龄更小的孩子看的。难得的是，这些绘本的图都画得不俗，很大气。我心想，孙儿马上就要进幼儿园了，我若能译一些小书陪伴他一起成长，岂不是一件很有意思的事情吗？

图1

图2

这十六本书，译得很愉快。译《三只小猪》《小拇指》时，我觉得自己还能想象、模仿孩子说话的口气。而译《丑小鸭》《小锡兵》时，我感动得几乎难以自已。它们让我感到，自己的童心还没有泯灭。人要变老是没有法子的事。但我想，只要还有好奇心，还对学习新事物充满兴趣，心态就不算老。

翻译童书，对我来说是个新鲜的课题，除了这十六本法文书，我还应"耕林文化"之请，从英文翻译了彼得·纽维尔的《斜坡书》和《火箭书》。这是两本很有趣的书，前一本的外形是菱形（寓意"斜坡"，你甭想在书架上放平这本书），后一本中间有个洞，从第四页贯穿到书末——那是火箭（其实是烟火筒）射穿的洞。英语书，以前译得较少，但英语才是我的第一外语啊。所以，译林来约译福尔摩斯时，我又接受了选一个中篇和若干短篇，重译一本"福尔摩斯探案选"的提议。

诗歌，过去我几乎没译过。前一阵看波德莱尔的诗集，有感于他的一些短诗之精美，我试译了《阳台》《喷泉》等名篇，不求韵律工整，但求把原诗令人惊艳的美传达十之一二。翻译之路，依稀还在眼前延伸……

2015 年 9 月

我心目中的翻译

在我的心目中，翻译是一种生活方式，是一种感觉，是一种平衡。

文学翻译是我的第二次人生，于我是一种新的生活方式。种子是少年时代埋下的。初中时看书多而杂，对《约翰·克利斯朵夫》和《傲慢与偏见》的译者不胜向往之至。高中毕业时在理科和文科间进行选择，最后报考复旦数学系以遂母亲心愿。但种子埋在土里，未必就能有发芽的意识。直到很久以后，朋友偶尔约我翻译波伏瓦的一个中篇小说，才触发了我的文学翻译之念。就这样，少时埋下的种子，在学了五年数学、教了二十八年数学之后，终于发了芽，改变了我的人生轨迹。这段从数学改行做文学翻译的经历，我写进了那本小书《译边草》。

我决定改行、坚持要做自己喜欢的事的时候，好朋友觉得我"作"，但我义无反顾。支撑我的是历久弥新的兴趣，是对文学翻译的热爱。有这种兴趣，翻译就渐渐成了生活内容的一个重要部分。一天不译一点东西，心里会觉得空落落的。翻译好比工人做工，无论心情好坏，该做的活儿就得做。老舍先生说"有得写，没得写，每天写五百字"，每天写点东西，成了老舍的"瘾"。

兴趣和热爱，随着岁月的老去，也许会慢慢淡去，但与此同时，它们会转变成一种习惯；一旦真的失去这种淡淡的维系，你似乎会觉得心里不踏实。用普鲁斯特的话说，习惯是你慢慢养成的，但是当你把它养成养大之后，它就会成为一个独立存在的自在之物，变得比你强大，使你难以摆脱它。在译《追寻逝去的时光》第一卷和第二卷时，我几乎处于一种"沉溺"的状态。当时有朋友调侃我说："'失眠、忧郁，甚至六亲不认'，这倒像是 amoureux（恋爱）的症候。"如今我老了，体力、精力都不如当初 amoureux 之时，心态也发生了变化，觉得人生是一段漫长的旅程，不用走得太快，不妨多看看沿途的风景。何况这段旅程已经走了大半，更得走得慢些才是。普鲁斯特和他的《追寻》，我虽钟爱如初，却也终有一别的时候。——但我想，在剩下的旅途上，翻译这个习惯，未必摆脱得了，即便或许不译普鲁斯特，也会译别的东西，只不过，它们也许译起来轻松一些，更适合已入老境的译者一些。

不过说到底，让工作成为习惯，或许还是一种却老的方式。《情人》的作者杜拉斯说过一句话：La seule facˇhçon de remplir le temps，c'est de le perdre. 大致的意思是：让时间变得充实的唯一办法，就是把它消磨掉。这不是跟项鸿祚的那句"不为无益之事，何以遣有涯之生"颇为相似吗？法国诗人维尼（Vigny）则是从更为积极的角度说的：Le travail est beau et noble（工作是美好而高尚的）。前辈作家陈学昭有本小说《工作着是美丽的》，书名显然就是化用维尼的这句话。工作着是美丽的；如果在有生之年还能有一段不太短的时间享受这种美丽，那就是上天对我的眷顾了。

翻译是一种感觉，亦即找出文字背后的东西的过程。外文、中文都可以，是否就能做个好译者？实践表明：未必。原因就在于翻译是"化学反应"，往往需要添加催化剂，添加催化剂的过程就是感觉的过程。

感觉，意味着全身心的投入。投入，就要聚精会神，如狮搏兔。要尽可能地找到作者写作时的感觉，亦即文字背后的东西（好的文字是"可以扪触到"的，其中蕴含着作者对人生的思考，以及他的生活状态和写作时的情绪）。记得汪曾祺的女儿在回忆文章中说，汪先生在构思新作时，会"直眉瞪眼"地坐在沙发里，就像下蛋的母鸡。这形容的不就是聚精会神吗?

投入，就要充满柔情，"犹如母熊舔仔，慢慢舔出宝宝的模样"，静静地、仔细地把感觉到的东西在译文中传达出来，让读者也能感觉到它。一样东西，你真心爱它，就会日久生情，这个情，对翻译而言就是感觉。前一阵想练毛笔字，为此请教克艰兄，他说了四个字：念兹在兹。他说得对，练字也好，翻译也好，倘若能心心念念想着你要写的字、要寻觅的词句，那么，老天爷大概也会觉着你可怜见的。翻译的所谓甘苦，往往就在这样的寻寻觅觅之中。苦思冥想而觅不到一个恰当的词、一个恰当的句式，是翻译中常有的事。有一段时间，我床边总放着一张纸和一支笔，半夜醒来突然想到一个合适的词或句子，马上摸黑写下来，第二天清晨看着歪歪斜斜的字，心里充满欢喜。

投入，就要舍得花时间、花精力。梁实秋先生在一篇文章中写过，某太太烧萝卜汤特别好，朋友请教其中诀窍，答案是烧的时候要舍得多放排骨、多放肉。这个道理，大概在翻译上也适用，那就是译者在翻译时要舍得多花时间、多花精力。做文学翻译，我不是"行伍"出身，没有接受过严格的训练。多年来，我不敢懈怠偷懒，我知道，只有舍得多花时间、多花精力，才有可能在跌打滚爬中有所长进。

感觉，未必是与生俱来的一种特质。或许有的人天生感觉比较敏锐，这些人当作家、翻译家，自然有得天独厚的优势。但我想，感觉的敏锐度，在很大程度上还是磨炼出来的。沈从文给学生出的作文题"记一间屋子里的空气"，完全是训练感觉敏锐度的。

翻译的文采，首先来自对原文透彻的理解，来自感觉的到位。自己没弄明白、没有感觉的东西，是不可能让读者感觉到的。理解透彻了，感觉到位了，才有可能找到好的译文，才能有文采。

文采，并不等于清词丽句。文字准确而传神，就有了文采。好的文字，不是张扬的、故作昂扬的，不应是"洒狗血"，也不应是过于用力的。好的文字有感觉作为后盾，有其内在的张力（"黏性"）。即便李白这样的大诗人，也难免有洒狗血的时候。汪曾祺在一篇文章中说："（与杜甫的'岱宗夫如何，齐鲁青未了'）相比之下，李白的'天门一长啸，万里清风来'，就有点洒狗血，李白写了很多好诗，很有气势，但有时底气不足，便只好洒狗血，装疯。他写泰山的几首诗都让人有底气不足之感。"即便是周作人这样的散文大家，也难免有着力太过的地方。他有一段写废名的话很有名："（废名的文字）好像是一道流水……凡有什么汊港弯曲，总得灌注潆洄一番，有什么岩石水草，总要披拂抚弄一下子，再往前走去。"但还是汪曾祺，很中肯地指出："周作人的序言有几句写得比较吃力，不像他的别的文章随便自然，'灌注潆洄''披拂抚弄'，都有点着力太过。"

回到翻译上来。译文要求准确、传神，落脚点还是感觉。举例来说，《追寻逝去的时光》第一卷末尾处有一段描写布洛涅树林景色的文字。其中有一句我译成："风吹皱大湖的水面漾起涟漪，它这就有了湖的风致；大鸟振翅掠过树林，它这就有了树林的况味……"（异体字的"大湖"是布洛涅树林中一个湖的名称，"树林"则指布洛涅树林）。原文是 le vent ridait le Grand Lac de petites vaguelettes, comme un lac; de gros oiseaux parcouraient rapidement le Bois, comme un bois…"有了……的风致""有了……的况味"从字面上看是原文所没有的，但从意蕴上看确确实实又是有的。

但找准感觉并不一定是"做加法"。《情人》一开头，有句为不少读者所激赏的译文："太晚了，太晚了，在我这一生中，这未免来得太早，也过于匆匆。"语调低回而伤感。但在原文中，这是一个语气相当短促的句子。（Très vite dans ma vie il a été trop tard.）译文的感觉与原文出入较大，也许不妨改译作："一切都来得很仓促，一开始就已经太晚了。"这样译，有点"以短促还其短促，以枯冷还其枯冷"的意思。

感觉不同，用词的色彩自会不同。《包法利夫人》中写道："elle s'enflammait à l'idée de cette taille si robuste et si élégante..."我没有译作"她淫心荡漾，按捺不住地想到另一个男子"，我觉得那种译法的强烈贬义色彩，是原文所没有的（按照福楼拜的创作原则，他也不会那么写）。依据我所感觉到的作者的意思，我把这个句子译作"她心里像烧着团火，如饥似渴地思念着……"。有的词很简单，感觉却未必简单。比如，福楼拜写到爱玛被罗道尔夫抛弃后，大病一场。养病期间，每天下午坐在窗前凝神发呆，"其时，菜市场顶篷上的积雪，把一抹反光射进屋里，白晃晃的，immobile……"。最后那个词，有译成"雅静"的（"一片雅静的白光"），也有译成"茫茫"的（"一片茫茫的白光"），但在我看来，那样的译法，似都仅与光线的状态有关，而与爱玛的心态无涉。在我的感觉中，那是一种"以外写内"（即以外在的动作、状态，来描写人物的心理）的手法，所以我把immobile译作"凝然不动"。这是我对光线的感觉，也是我对爱玛心态的感觉。

更极端的例子，是欧几里得的《几何原本》。从引入中学教材的译文中，我们可以领略到"若……则……""∵（因为）……∴（所以）……"这种简洁、准确的文采。更一般地说，数学语言，常会让我为它们的美而心折。我常举的例子，是"极限"的定义。极限，这么一个看似谁都明白的概念，困扰过一代又一代的数学家。最后，法国数学家柯西（Cauchy）终于给出了严格的极限定义，为数学大厦奠定了坚实基础。那短短两行数学语言，在我眼里几乎是人类语言美的极致。

当然，数学语言之所以美，是因为它们被用于数学的领域。我从数学改行，从事文学翻译以后，心里时时在警惕：有两种腔调要尽量避免，那就是数学腔和翻译腔。其实，还有一类词也是要避免的，那就是"通过""根据"之类的文件用语。这类词自有它们的用武之地，但在文学翻译中，我想应该慎用——在大部分情况下，是可以不用这类所谓"大字眼"的。

文学翻译是一种平衡：在作者与读者间求平衡，在"存形"与"求神"间求平衡，在快与慢之间求平衡，在自信与存疑之间求平衡，在平常心与追求完美之间求平衡。

译者是"一仆二主"，既要"伺候"好作者，又要"伺候"好读者。比如说，普鲁斯特多写长句，法国研究者曾以七星文库本第一、二卷为蓝本做过统计：句长10行以上的占23%，5—10行的占38%，亦即61%是5行以上的长句。译文当然应该保留这种"长而缠绵"的韵味，但中文的结构不同于法文（从句、插入语可以"甩在后面"或"插在中间"而眉目仍清楚），译文必须让读者感觉到长而可读。这就是一种平衡。

译者要在形似和神似之间求得平衡。若能形神兼备，自然再好不过。机缘凑巧的话，译者也能遇上这种幸运的时刻。前面举过的例子中，immobile 的释义就是"静止，不动"，译成"凝然不动"，看似得来全不费工夫，其实不是这样。译者的思绪是在很多词之间游荡了一圈、踟蹰了一番过后，才最终回到离出发点不远的"凝然不动"上来的。s'enflammer 的情况，也大致相仿。词如此，句式也如此，能用最贴近原文的形式来译（既存形，又传神），当然不必舍近求远。然而，在大多数情况下，问题要复杂得多。

过于"自由"，天马行空，那不叫神似，那是"捣糨糊"。但过于拘泥，mot à mot（word by word，逐字对译），那样的译文也会令人不堪卒读。这种"存形"与"求神"之间的平衡，杨绛先生把它归结为"翻译度"的把控。掌握好"翻译度"，是译者必须做的工作。有些作家朋友希望译者不要"加工"，把原作"原原本本"地翻译出来，好让他们看清外国的同行究竟是怎样写的。但这种要求译者"几乎不介入"

的翻译，其实是行不通的——除非把翻译交给机器去做。

译得快些，还是译得慢些，这是个问题。译者当然愿意译得快一些，可是他一定不能贪快，不能以牺牲质量作为求快的代价。翻译恐怕是不大会有"天才"的，我相信"慢工出细活"。而在这个浮躁的年头，要能"慢翻译"，首先就要有对文字的敬畏感，以及对读者的敬畏感。当一个译者对读者的宽容充满感激，而且对未来的读者充满期待的时候，他就有了这种敬畏感。

译者必须有自信，哪怕面对一位他景仰、崇拜的作者，他也要以一种"平等对话"的姿态，去跟作者交流。否则，感觉云云就无从谈起。译者的自信，有时首先来自不迷信。当你在读一个译本，发现其中有些词句或是费解，或是刺眼的时候，倘若你能把原著找来，逐字逐句对照着读，说不定你就能在无形中生出几分底气。倘若你有志于翻译，说不定你就会自己动手，悄悄地试译一些东西。一不小心，说不定你就会走上翻译之路。自信，在更多的情况下来自长期的跌打滚爬，当你打过几场"硬仗"，终于"杀开一条血路"之时，你的感慨会化成一种自信。但是，正因为你是一步一个脚印走来的，你一定会感到自己的不足，一定会在内心有一份谦卑，一定会在翻译时如履薄冰、时时存疑。举个现成的例子。前几天重读福尔摩斯探案中的《波西米亚丑闻》，心里就升起过几团疑云。华生婚后去贝克街看望福尔摩斯，"他的态度不很热情，这种情况是少见的……"这句译文看着就让人生疑，难道在译者心目中，福尔摩斯竟然经常是很热情的？原文是"His manner was not effusive. It seldom was…"问题显然就在对后半句的理解上。在我想来，它的字面意思就是"他的态度向来是难得热情的"，也就是说，在福尔摩斯身上，热情这种态度一向是很罕见的。于是接下去的句子也就顺理成章了："不过我觉得，见到我他还是高兴的。"（but he was glad, I think, to see me）不热情，但心里是高兴的，这才像福尔摩斯。接下去的译文，几乎有点吊诡的意味：福尔摩斯"把他的雪茄烟盒扔了过来，并指了指放在角落里的酒精瓶和小型煤气炉"。酒精瓶？小型煤气炉？实在费解得很。一查原文，是"a spirit case and a gasogene"。简单地说，就是放威士忌的酒架和苏打水瓶，福尔摩斯的意思是说，要喝兑苏打水的威士忌的话，请自便。这样的场景，发生在伦敦的贝克街，发生在福尔摩斯和华生之间，就比较合乎情理了。

译者还要在平常心和追求完美之间求平衡。一个译者，总想让自己的译作更完美些。所谓念兹在兹，指的不仅是译事进行之时，而且是译作成书以后。我的译文，是七改八改改出来的；出书以后，有时也还会改来改去。《小王子》初版时，apprivoiser 这个词译成"驯养"，再版时，先是改成"跟……要好"，然后又改回"驯养"。如此折腾，一则说明译者功力有所不逮，二则恐怕也从某种意义上说明了翻译的"无定本"性。翻译也是一种遗憾的艺术，译者只有保持一颗平常心，才能一步一个脚印地前行——哪怕回过头去看那些脚印时，心中会有遗憾。

　　说到译者的平常心，还有件事想提一下。普鲁斯特的《追寻逝去的时光》，我在译出第一、二、五卷以后，渐渐萌生出一个想法：这部七卷本的小说，不妨有个选读的译本。曾经看到过的法朗士的一段话，更加深了我的这个印象。1919 年，普鲁斯特的《在少女花影下》(《追寻》第二卷）参评龚古尔奖，当时已 75 岁的法朗士表示不想读这本书，他叹息道："生命太短暂而普鲁斯特太长……"要知道，阿纳托尔·法朗士可是普鲁斯特年轻时极为推崇的大作家，《追寻逝去的时光》中作家贝戈特这个人物，正是以法朗士为原型创作的。我们当下的社会，各种压力更大，跟普鲁斯特的长卷相比，我们的生命似乎更为短暂。如果能编一个《追寻》选读本，选取原作中的片段，原封不动地保留下来，然后用"串联词"把它们串联起来，把故事脉络和人物关系交代清楚,也许可以让更多的人有兴趣、有时间、有勇气读它,让更多的读者领略普鲁斯特到底好在哪儿,激发阅读全部文本的热情。这件事,做起来一定会有重重困难。若要做成它,首先还得要有颗平常心。有了平常心,才可能走得更远。

2013 年 9 月

在自信和存疑中前行

翻译和读书，都要靠感觉。感觉，是第一位的东西。

什么是感觉？对诗人而言，席勒说：开始是情绪的幻影，而后是音乐的倾向（disposition），然后是诗的意象。对雕塑家而言，用罗丹的话说，感觉的过程就是去除没用的泥巴的过程。对译者而言，感觉就是找出文字背后的东西的过程。不敢说"还原作者感觉的过程"，但应尽可能去感觉作者曾经感觉到的东西（还是傅雷的那句话：假定作者是中国人，他会怎样说、怎样写）。有时靠的是一种直觉，这时不妨说，"猜"也是一种寻觅感觉的手段，但那是"最后的一招"（习武之人所谓积平生之学的险招）。

感觉是来之不易的。感觉意味着身心的投入。要能到达"蓦然回首，那人却在灯火阑珊处"的境地，第一须有一番"为伊消得人憔悴，衣带渐宽终不悔"的努力，第二须是在"灯火阑珊处"，而不是在觥筹交错、灯火通明的热闹场所。

感觉有时是一种积淀。不同的人可以有很不一样的感觉，原因就在于此。余光中在一篇文章中写到，台湾声乐家席慕德请计程车司机调低音量，司机问："你不喜欢音乐吗？"席只能回答："是啊，我不喜欢音乐。"两人对"音乐"的感觉可以如此不同。

感觉有时是一种体验。不到那个境地，找不到那个感觉。荒诞派剧作《等待戈多》在北京首演时，恶评如潮。后来去一所监狱演出，所有的犯人看了都哭了。导演邵泽辉说："这是当时真正能体会这部荒诞剧的观众。"

感觉有时是受启发而萌生的。我翻译的普鲁斯特《追寻逝去的时光》第一卷出版后，有位细心的读者来信指出一处理解问题。那是在第一部"贡布雷"中，主人公待在"那个闻得到鸢尾花香的小房间里"的一段写得很晦涩的文字。来信提醒、帮助我捉摸到了其中青春萌动的感觉。修改后的译文仍保留了表面的晦涩，但先前挡在文字跟前的障碍，现在撤除了。作者不愿明说的东西，读者应该可以从译文咂摸出是怎么回事了。

翻译实践中，我觉得有个重要的原则，就是存疑。感觉往往不是一下子能够到位的，所以要存疑。从存疑到释疑，往往是寻找感觉的过程。

自信和存疑，是一对需要处理好的矛盾。一个译者，既要自信，又要善于存疑。自信是什么？自信就是要有"藏名一时，尚友千古"这样一种定力。人要有自信，不能妄自菲薄。人们常说当年翻译如何如何好，看看傅雷的信，就可以知道，众多译家在那时是被他说得一无是处的。傅雷在给宋淇的信中写道："昨日收到董秋斯从英译本（摩德本）译的《战争与和平》，译序大吹一阵（小家子气！），内容一塌糊涂，几乎每行都别扭。董对煦良常常批评罗稷南、蒋天佐，而他自己的东西亦是一丘之貉。想不到中国翻译成绩还比不上创作！大概弄翻译的，十分之九根本在气质上是不能弄文艺的。"我这里不是要说某人译得怎么不好，而是要说在我们想象中的黄金时代，傅雷是怎么看翻译的。这么一想的话，我们就应该有些底气，有些自信，因为时代毕竟在前进。但自信的同时还要不断存疑，要瞻前顾后、左思右想，战战兢兢、如履薄冰……

多存疑，才会多查问：查词典、工具书、有关的书籍、画册……还可以问问懂的人。《追寻逝去的时光》第三卷提到quelque Louvre（相当于英文 some Louvre）。"某个卢浮宫"？不像话。"从前的卢浮宫"？似乎也有点含糊其辞。查了 petit Robert II 才明白，卢浮宫始建于 1204 年时的格局，是"一座主塔周围有围墙的城堡"，到 14 世纪查理五世时，才改建成适于日常起居的王家建筑。明于此，就会译作"某个时期的卢浮宫"。

我们此刻所在的上海图书馆，门口的大型雕塑铭牌上刻着 The large Thinker，这个英文名称似应质疑。罗丹的《思想者》，法文是 *Le Penseur*，英文通常译作 *The Thinker*。雕塑有"小样"之说，而运至上图的是大件雕塑，从铭牌上的文字看，"The large Thinker"似乎是一个句子中的几个词（有上下文，看上去好像是从一封信中摘取的），会不会是"这尊大件的《思想者》"（意即不是"小样"）呢？ large 的开头是小写字母，俨然也在透露这般的信息。

为释疑，要"不惜工本"。弄明白一个词的含义，看懂一个句子的意思，写一条注释，都可能要踟蹰良久、遍查各书。翻译的过程，有时是个"破解"的过程。破解的结果，看似当然，但当时往往很茫然。同时面对好几个问题，容易乱了方寸。

存疑，还是个不以出书为终点的过程。修订旧译旧著，正建立在不断质疑、存疑的基础上。拙译文集的修订，就是这样的过程。《包法利夫人》《小王子》等作了修改，《基督山伯爵》《幽灵的生活》过去是与人合译的，这次都是重译半本、修改半本。《译边草》删去不少内容，也增添了一些内容。

翻译的状态，有点像做工。状态有好有坏，译长篇尤其如此。若印象鲜活，对原文有尽在掌握中之感，则是最佳状态。但即便如此，初稿仍须打磨，有时仍须存疑。何况最佳状态难得有。所以存疑可说也是翻译原生态的组成部分。

举个《小王子》里的例子。里面有只狐狸希望小王子apprivoiser它。一开始我觉得，若译"驯养"，好像跟全书明白如话的翻译基调有点"隔"，所以就译成"跟……处熟"，后来又改译"跟……要好"。最后，问了母语是法文的朋友，又问了年龄跟小王子差不多的小朋友，终于决定仍译成"驯养"。一次讲座上有读者问，这么改来改去，我们买了前面一版的，怎么办呢？我真的觉得很抱歉。作为译者，有两种做法，一种是出了书就撒开不管了，另一种是继续存疑，不断修改。我总是在不断地想和改。于是之在告别演出《茶馆》落幕后，对观众说：谢谢你们的宽容。我也想对读者说：谢谢你们的谅解和宽容。

所谓文采，并不等于清词丽句，不是越华丽越有文采。文采，首先是准确，准确产生美。我是学数学出身，特别欣赏英国数学家G.H.Hardy说的那句话："美是首要的检验标准，丑的数学是没有安身立命之地的。"而数学中的美，就是准确的升华。

既然是文学翻译，就要把原作者的文采，经过译者传递给读者。按照这一逻辑，译者最好的状态应该像一块玻璃，读者可以透过玻璃看到原作、看到作者。这实际上很难做到，或者说是不可能完全做到的。不同的翻译作品总会有译者的痕迹。我年轻时喜欢傅雷、王科一，一方面我喜欢他们的翻译对象，喜欢巴尔扎克、罗曼·罗兰，喜欢简·奥斯丁；但另一方面也是喜欢傅雷，喜欢王科一，他们的文风多多少少对我有影响。如果问我在翻译中所追求的境界是什么，我想就是尽量把个人的痕迹减弱一些。所以我常常说，译者一般总得是"性格演员"（假想自己就是作者或作品中人物），而不能老是"本色出演"。

普鲁斯特的小说 *A la recherche du temps perdu*，过去的中译本译作《追忆似水年华》，很美，且字字有出处（李商隐句"此情可待成追忆"，《牡丹亭》句"似水流年，如花美眷"），但我觉得这个书名的缺点，在于不准确。普鲁斯特在去世前见到英译本书名 *Remembrance of Things Past*，这个英文译名，出自莎士比亚十四行诗，且首字母与法文原书名的实词首字母一样（都是 R、T、P），在翻译上真有点像"绝配"，可是普鲁斯特非常不满意，认为"这下子，书名全给毁了"。上世纪 80 年代新推出的英译本，舍弃了这个"看上去很美"的书名，用了一个更贴近法文书名的译名 *In Search of Lost Time*。为什么对前面那个译名，普鲁斯特那么不满意呢？很可能在他心目中，有一个最为核心的概念，那就是柏格森和海德格尔所说的时间概念。译得那么华丽，却把时间概念取代掉、模糊掉了，这是他不能忍受的。

涂卫群是研究普鲁斯特的专家，也是我神交已久的朋友。在我的翻译过程中，她自始至终对照原著校阅我的初稿，不断给我提出意见。今年我们第一次见面，她就说："你不觉得书中随处都有 comique 的东西吗？"我想她是说幽默，可她说："嗯，不完全是幽默，就是可笑。你不觉得普鲁斯特笔下的'我'这个主人公很滑稽很可笑吗？"我想想的确是这样。甚至他的书名有时也颇为 comique。比如第二卷的书名，在法国我向研究普鲁斯特的专家请教时，有两位专家在不同的场合不约而同地用了同一个词，说普鲁斯特第二卷的书名很 ridicule（滑稽）。这对我启发很大。这个书名不好译，最早的中译本译作《在簪花少女身旁》，很容易让人想起中国的古典美女。后来常见的译本译作《在少女们身旁》，这个书名则有所缺失，没有把原文中 "à l'ombre de（在……的影子或庇荫下）"的意思（或者说意象）译出来。后来我译成《在少女花影下》，自己觉得表达了几分那种说不清道不明的滑稽。华丽两个字不足以说出普鲁斯特的好，如果一定要说，倒是韩愈说的"雄深雅健"，庶几近之。普鲁斯特在现代派文学里确实是个奇妙的存在，说实话，倘若没有审美舒适，我是不可能坚持译出厚厚的三卷《追寻逝去的时光》的。

2012 年 6 月

翻译是力行

我从事文学翻译这个行当，是半路出家。说来惭愧，一些个人的体会，已在不同场合多次讲过。今天拟多举例，意在避免流于空谈或重复。但这么些具体到近乎琐细的内容，是否会让大家听得生厌，这确实让我感到有些担心。

一

在我看来，译者设法把自己感觉到的文字背后的东西，让读者也感觉到它，就是文学翻译的"大意"。

《追寻逝去的时光》第一卷中写到女佣弗朗索瓦兹：les humains excitaient d'autant plus sa pitié par leurs malheurs, qu'ils vivaient plus éloignés d'elle. 有一种译法是："对于别人的不幸，唯其遭难者离她越远才越能引起她的怜悯。"细读原文，我的感觉是：一、原文行文很平直，译作"唯其……才越能……"好像太文，甚至会有点阅读障碍；二、原文有明显的调侃、幽默的意味。在我看来（这看法是否对，自然可以商榷），les humains 颇为点睛，它是个一本正经的"大字眼"——人类。唯其一本正经，所以幽默发噱。我试着把这两个感觉体现在译文中："人类之所以能以他们的不幸唤起她的怜悯，主要是因为他们生活在离她很远的地方。"

所以，在作者笔下的弗朗索瓦兹是这样的："她在报上看到某个陌生人横遭惨祸会泪如雨下，然而一旦报道中的那个人让她觉着有点似曾相识，眼泪立刻就收干了。"自己身边的帮厨女工腹痛骤然发作，她可以无动于衷，而看到"书上说的阵痛症状"，却会"不由得大为伤心地哭了起来"。原因何在呢？有译本译作："因为这恰恰是她所不知道的一种病症。"其实，原文 qu'il s'agissait d'une malade-type qu'elle ne connaissait pas 的意思是："当然那是她不认识的某个女病人的阵痛。"不是因为病症不知道，而是因为病人不认识！诚然，两种译法的差别相当细微，但倘若要还原普鲁斯特式的人物刻画方式，要体现普鲁斯特式的幽默，那么除了在这样的细节上下功夫，译者还能做些什么呢？

文采，和感觉联系在一起。华丽的辞藻，漂亮的句式，不是不能用，但只有用得恰如其分，才能和文采挂上钩。说到底，翻译有没有文采，前提是对原文有没有"吃透"，是感觉有没有到位。举两个《包法利夫人》中的例子。纳博科夫说，句子的节奏感是《包法利夫人》风格的核心。他说得很对。这种节奏感，有时是比较外在的，例如第二部中，神甫侃侃而谈："我知道，确实存在好作品和好作者；可是，男男女女混杂相处，待在一个装饰极尽奢靡、令人心荡神驰的场所，再加上渎神的装扮，浓重的脂粉，摇曳的烛影，娇滴滴的声腔，到头来自然就会滋生某种放纵的意识……"其中"渎神的装扮，浓重的脂粉，摇曳的烛影，娇滴滴的声腔"，有的译本译作"打扮得妖形怪状，搽粉抹胭脂，点着灯，嗲声嗲气"，或者"穿着奇装异服，涂脂抹粉，在灯光照耀下，说话软绵绵的"，似乎就力度不够，没有原文 ces déguisements païens, ce fard, ces flambeaux, ces voix efféminées 的铿锵意味（而这种意味，与此时神甫的亢奋状态是吻合的）。第二个例子跟视角有关。译者的视角，应该就是作者的视角，否则感觉也难以到位。爱玛和罗多尔夫一起骑马返回永镇，罗多尔夫在她身后欣赏她的背影。原文写道：Elle était charmante, à cheval！有译本译作"她骑在马上很漂亮"，意思没什么错，但作者是从罗多尔夫的视角来写的，所以译成"她骑在马上，那模样可真迷人"也许才更贴近这个惯于玩弄女性的风月场老手的口吻（尽管他只是这么想，并没有说出声来）。

感觉，有时不可避免地带有译者的个人色彩。第一部第8章末尾的一段文字，拙译译作："渐渐地，容貌在记忆中模糊了；四组舞的情景淡忘了；号服，府邸，不再那么清晰可见了；细节已不复可辨，怅惘却留在了心间。"之所以译作"细节已不复可辨，怅惘却留在了心间"，是因为在我想来，倘若（假定！）福楼拜是中国人，他不会说"一些细节淡忘了"，也不会说"若干细节失散了"，他会说"细节已不复可辨"。这个假定，这种译法，当然是主观色彩颇浓的。

二

翻译，首先是一种实践，需要持之以恒地身体力行。为翻译做准备，做一些研究，是必要的。比如说，要了解一下作者和作品的背景，了解一下他所处的时代和他的语言风格，等等。但是作为译者，他的本分是翻译，而不是"研究"。

弘一法师是我很敬佩的前贤。有一次在席间有人向他请教"人生的意义"，他虔诚地回答说："惭愧，没有研究，不能说什么。"叶圣陶先生在文章中记叙了这件事，并感叹道：他的确没有研究，因为研究是指自己站在一样东西的外面，而去爬剔、分析这东西。弘一法师一心持律，一心念佛，再没有站到外面去的余裕。叶先生说得真好，我每每想到自己还有"站到外面去的余裕",就感到惭愧。这"一心"二字,说出了力行的真谛。一个人,一生中能真正做好一件事,其实已经很不容易了。想想那些热爱自己工作的手艺人吧,他们每天做工,终其一生把一件事做到最好(即便是制作一种工艺品,甚至只是下一碗面、做一个寿司)。老舍先生说他自己"有得写,没得写,每天写五百字",这不就是力行吗?

译者和他的译作的关系,有点像船长和他的船的关系,那是一种同命运、共存亡的关系。《动物农场》的作者、英国作家奥威尔在为乌克兰文版写的序言中说得好:"我不想对这部作品发表意见,如果它不能自己说明问题,那它就是失败之作。"作者如此,译者同样如此。译者,要用翻译的作品说话。

力行,意味着义无反顾地往前走。但与此同时,脚步又不能迈得太大,还是要处处小心,时时存疑,才不致轻易掉入陷阱,才不会被荆棘划得遍体鳞伤。

存疑,一是对理解对不对存疑,二是对行文妥不妥存疑。《追寻逝去的时光》第一卷中写到,作者家里有个规矩,每周六午饭提前一小时开饭。接下去,有个译本这么译:"她(弗朗索瓦兹)已经'习惯成自然',甚至如果哪个星期六按平常时间开饭,她反而觉得'乱了套',非得用另一天提前开饭作为补偿。"这话很费解，这个女佣难道真有这么"任性"，居然能"用另一天提前开饭作为补偿"？原文是 que si elle avait dû, un autre jour, avancer son déjeuner à l'heure du samedi，其中 avait dû 是过去完成时，表示虚拟语气，所以我译作："她对此已经惯了，倘若有哪个星期六，非要让她等到平时钟点才开午饭，那在她就像其他日子里得把午饭时间提前一小时，事情全乱了套。"所谓在另一天提前开饭一小时，其实是个"虚拟"的情况。（顺便说一句，此处英译本似亦有误。）

行文不妥，有各种各样的不妥，其中最常见的一种是翻译腔。还是这本书，还是弗朗索瓦兹，她做了个噩梦，有个译本接着说，这会儿"她显然已经恢复现实感，认识到刚才吓坏了她的幻觉实际上是假的"。意思是懂的，但腔调有些别扭，何不说成"她好像神志清醒过来，明白了刚才吓人的情景都是假的"呢？这位女佣打鼾时轻时响，于是有个译本说："用开汽车的行话说，（鼾声）'改变了速度的挡次'。"我们平时恐怕不会这么说话，我们大概会说："按开汽车的说法，她的鼾声换了挡。"另一个地方我们读到，"她想从鸡耳下面割断喉管"，其实，译作"割断它的喉管"就行了。

翻译腔，是指洋腔洋调，不合我们说话行文的习惯。

有时候，也会遇到另一种情况，那就是太"归化"了。第一卷的某个译本中，有这么一句："我每逢大年初一都要去拜年。"在翻译作品中读到"大年初一"，难免会有些异样的感觉。原文是 le premier janvier，我觉得不妨就译作"新年的第一天"。类似的问题，当年施蛰存和傅雷二位就争论过，施先生不赞成在译文中用"鸦雀无声""秋高气爽"之类的说法，认为这样译，中国味儿太浓，文字也流于俗、流于滑。

说到这里，想把话头稍稍扯开一点儿。翻译腔要不得，但"翻译的痕迹"是难免的，有时甚至是可爱的，因为那往往是译者心境留下的痕迹。傅雷先生在《约翰·克利斯朵夫》中，把安多纳特 pudeur et fierté（羞怯与高傲）的个性，译作"清高与狷介的性情"。其中的"狷介"，我怎么看都像是傅雷的自况。影片《简·爱》中，陈叙一先生把 life's an idiot（生活像个白痴）译作"生活是无味的"。无味，或许也是陈叙一对他生活其间的大环境有感而发。这些看似离开原文稍有些远的翻译，有些像"蚌里的明珠"。高尔斯华绥说："蚌因珠而病，但珠是最美丽的东西，它比蚌本身更加珍贵。"我的这种看法，仅是"一家之言"，很可能带有某种偏见，或者说对译者的偏好在内。

三

译者天然应该是读者——他应该是他所要译的书最认真的读者。他要把这本书，先从薄读到厚（逐字逐句细读，查好每个生词的释义，吃透代词、介词之类"小字眼"的意思，弄清每个细节的来龙去脉，等等等等），再从厚读到薄（胸中了然，只待表达）。

为翻译，要读无用之书、非书之书。小说中，涉及的内容五花八门，翻译时只恨平时涉猎不广，有时甚至不知问题来自何方，该去查什么书、问什么人。比如说，大仲马在《三剑客》中写到马站着睡觉，写到阿拉密斯喜欢把耳垂搓成粉红色（有点像今天说的"扮酷"）。又比如说，福尔摩斯探案中，提到桌上放着 gasogene，查词典（释义为"汽水制造机"或"可燃气体发生器"）不得要领，后来终于在 Google 的 forum（网友相互交流的"论坛"）上得到启发，恍然大悟这十有八九是苏打水瓶的意思。Google 就是非书之书。

多读经典，才能知道文字原来是可以达到那样的高度的。虽不能至，心向往之。我是半路出家，底子薄，所以更不敢懈怠。《红楼梦》、《水浒传》、《史记》、《世说新语》、唐诗宋词、明人小品，都是我觉得常读常新、开卷有益的。例如，韩愈写初春小草的诗句"草色遥看近却无"，张先写月色溶溶、一片空明景象的词句"中庭月色正清明，无数杨花过无影"，柳宗元写潭中小鱼的"皆若空游无所依"，再如归有光散文中的"然余居于此，多可喜亦多可悲""目眶冉冉动"（不是"慢慢"，也不是"徐徐"，其生动鲜活令人难忘），等等等等。现当代的作品中，沈从文（尤其是他的散文）、汪曾祺、孙犁、杨绛，当然还有王鼎钧，都是我心目中的经典。能把白话文（语体文）写得这么好，其实是非常不容易的！古今作家留给我们的那些让人怦然心动的文字，也许我们读过了、赞叹过了，也还是会忘却。然而（借用汪曾祺先生引用过的句子），"菌子已经没有了，但是菌子的气味留在空气里"。

如有可能，应少读内容粗俗、语言贫乏的书，至少不要读得上心，尽量让它"穿肠而过"。好作家心里，没有坏文字的容身之地。汪曾祺的女儿汪明发哮喘，汪先生为她写了份"病退申请报告"，农场的连长看了大为光火，对汪明说："你自己瞅瞅，写的啥玩意儿！"只见上面是这样写的："敬爱的连队首长，我恳请您放过我们的女儿汪明，让她回北京治疗和生活……"汪明明白，她爸还真不是写这种报告的料，他费尽心机想跟连长套近乎，可心里的怨气，一下子就露了出来。写病退报告通不过，恰恰是汪先生真性情的写照。不会写官样文章，是好作家的光荣。

如有可能，不妨多读一些"难读"的好书——写得好的哲学、历史著作，还有被讥评为"死活读不下去"的那些经典文学作品。红楼、水浒、三国、西游，我始终不明白它们何以会那么难读。有幸与四大名著同时入榜的普鲁斯特小说，也许是有点"难读"。但有时候，难读才有味道啊。有些书，你不去读它，可惜的不是它，而是你。当然，我这么说也把自己包括在内，乔伊斯后期的小说，我就怎么也看不下去，这是我的遗憾。

爱书之人不一定做翻译，但是，好译者一定是爱书之人。一个人，只有把读书当成一种习惯、一种生活方式、一种享受，才有可能把翻译当成一种习惯、一种生活方式、一种享受。

艺术是相通的。接触其他门类的艺术，可以说是读书的延伸。我在《译边草》中有一章的标题就叫"他山之石——译制片"。译制片对我的影响是由来已久的，根深蒂固的。书法，和翻译相通之处也很多。书法讲究浓淡相间，文字亦如此；书法讲究结体互让，对翻译也有启发，原文是三个词，有时译文用两个词反而更好。电影，绘画，都让我学会画面感。音乐，在教我领略崇高感和节奏感的同时，也让我明白，不能每个乐句都是华彩乐句，过渡乐句是必需的。评弹这种江南曲艺，在叙事状物、找截干净上有其明显的特色，真正的评弹好演员，说表称得上"无一剩字"，这种本领倘若借鉴到文学翻译上来，就是上乘的功夫了。

2015 年 7 月

为看小说而学法语

——答客问一

问：您是从什么时候开始学习法语的？

答：最初起念想学法语，是在读了傅雷先生翻译的《约翰·克利斯朵夫》之后。受到主人公个人奋斗精神和译者传神译笔的双重震撼，我心心念念想看看原著。"文革"期间，有缘结识上外的蓝鸿春先生，从头开始向她学法语。她父亲曾是广慈医院院长，她本人毕业于震旦，法语说得很棒。

我是为看小说而学，可称"无聊才学法语"，不过蓝先生丝毫不随便地教我这个随便学学的学生，每周去她家一次，学一小时法文。她选用北外的教材，一课一课认认真真地教，让我不好意思不认真学。我向蓝先生学了将近两年法语，和她全家都成了很好的朋友，她家在淡水路的小楼，在我心中留下温馨的回忆。

问：您在法语学习过程中有什么经验之谈，可以给现在想学和在学法语的年轻人分享吗？

答：开始文学翻译后，学习法语的目的很"功利"：并非为学好一门外语而学法语，而是为译好一本本小说而学法语。从学语言的角度来说，可能是不成功的，唯有"失败的经验"（杨绛语）可谈。

认定自己想要什么以后，走的就是边学边干，或者说"在战争中学习战争"之路。回过头去看，一路走来坑坑洼洼。听说读写，我在"读"上单科独进。看重的、追求的，是语感。而语感，我感到是语法和大量阅读的派生物，是在精读和泛读的过程中积淀下来的。

单科独进，不足为训。但我并不后悔，有所缺失，是学语言的遗憾，但倘若没有所失，恐怕也就无所得——就我而言，大概就是这样。人生苦短，既已知道自己要什么，就只能一路向前，匆匆赶路。

相比英语，法语的语法相当繁杂，有人调侃说法语是"性变态"：飘忽的阴性阳性，烦琐的动词变位，复杂的时式时态。和英语不同，法语中的词语分阴性阳性。太阳是阳性，月亮是阴性，这很自然。但男衬衫（la chemise）是阴性，女衬衫（le chemisier）是阳性，这就未免"不可理喻"。至于同样一个词critique，阳性时是"评论家"，阴性时却是"评论",对读者(包括译者)来说近乎"陷阱"。变位之令人生畏,至今是我的痛。时态之繁复,则是英语所无法比拟的:单过去时态,就有复合过去时、未完成过去时、简单过去时,等等。简单过去时,其实一点不简单,它是文学作品中最常用的时态,却又是口语中从不使用的时态,很奇怪吧?

倘若立志学好法语,甚至有用法语写作的雄心,那么,唯有下苦功夫这一条途径。

没有那么好的语言功力,却偏要翻译文学作品者如我,唯一的办法就是兢兢业业、如履薄冰、经常存疑、勤查词典——否则还有什么路可走呢?所谓勤能补拙,是一点不错的。但最要紧的,是时时记住自己的拙,千万不能托大。

问:在《译边草》中,您举了不少翻译的实例,请问您是如何"打磨"译文的?

答:把话头拉开一点,说说我心目中文学翻译的"三部曲"吧。这个三部曲,是我心目中的理想状态。其中有些是我想做而没做到的。

一是准备阶段。读一两遍乃至四五遍原文,仔细查好生词(当心"陷阱"),看明白文章的脉络、句子的结构,以及每个小词（代词、介词等）的意义。

以翻译普鲁斯特为例，理想的状况，是案头有原版词典（否则难以了解有些词的确切含义），手边有英译本（多一个甚至几个随时可以讨论切磋的帮手），书架上有法文的普鲁斯特传记和书信集，有相关的 CD（比如《追寻》中反复写到的"小乐句"，原型就是圣桑斯的降 e 小调小提琴钢琴奏鸣曲），有相关的画册（书中屡屡提到画作，如惠斯勒的《蓝色与银色的和谐》，如马奈《草地上的午餐》，等等），有司汤达和陀思妥耶夫斯基的小说，有雨果、缪塞、波德莱尔的诗集，等等等等。当然，我的装备未必能有这么齐全，那么到时候就得去找书，去上网（如为弄清《追寻》中对贡布雷景色的描写，从 Google "图片"栏查看了小镇伊利耶的地图），去查各种工具书（如 herbe aux chats，先是据法汉词典译作"樟脑草"，似觉不好，后来终于从杜登图文对照词典上查到"缬草"这一较好的释义）。总之，上穷碧落下黄泉，准备工作不嫌其详尽细致，它围绕准确理解原文的核心展开，为翻译所需要的感觉提供前提和基础。

二是翻译时的状态：要全身心地投入，把自己假想成作者。要大处着眼（情理、意象、场景、人物的个性脉络等等，都是"大处"），小处落笔（小心收拾，不放过一个小词、一个语气）。

三是对初译稿的打磨：要读自己的译文，即使不朗读，至少也要默读。自己念着不顺口的句子，读者不可能觉得顺口；自己没有感觉的文字，很难让读者有所感觉（要让有心的读者透过译文去猜，只能说是译者的失责）。删去多余的字，尽力让译文干净利落、生动传神。

问：您对一些经典名著进行了重译，如《包法利夫人》《追寻逝去的时光》，请问您选择重译的标准是什么？

答：标准有二：一是要有兴味，二是要有新意。有兴味是就自己而言，只有自己喜欢的作品，才值得花精力去重译。有新意是就译品而言，既然重译，就要能译出新意来。例如《包法利夫人》，已有李健吾、许渊冲、罗国林等前辈、大家的译本，但我觉得尚能译出那些译本所没译出的新意来——这些"新意"，是作品固有的，它是留给后来的译者的"重译空间"。

也有不同的情况，像王科一先生翻译的《傲慢与偏见》，我一向喜欢这个译本，对照原文阅读译文，更对译笔的清新流丽推崇备至，所以当有出版社跟我说起这个选题时，我当即回答我不会考虑重译这本书。还有一次，一家很知名的出版社建议我重译《悲惨世界》。这当然是一个很好的建议，我也犹豫了一下，就又把李丹先生的译本拿来重看了一下，对照原文细细看了几页。我心里想，如果我来译，可能局部会有所改进，但是从整体上说却似乎没有多少重译空间，所以我就退出了。

问：《译边草》中写了您曾经去法国，拜访普鲁斯特的故乡和他在巴黎的写作地点，做了一趟"普鲁斯特之旅"，这是有计划的吗？

答：译完《追寻逝去的时光》第一卷，正好有机会去法国小住三个月，于是就想到，能不能去一下和普鲁斯特有密切关系的那些地方呢，颇有点即兴的意思，并没有预先计划过。《追寻逝去的时光》被认为是有普鲁斯特自传印记的小说，如果翻译的时候，对他生活的地方已经有感性认识，当然更好。印象最深的是普鲁斯特笔下的贡布雷小镇，原型就是他父亲的故乡伊利耶。1971 年，这里因普鲁斯特而改名伊利耶—贡布雷（Illiers-Combray），可见小说影响之大。小镇离巴黎不远，从巴黎坐火车去夏特勒，再换乘只有一节车厢的小火车，就能到伊利耶—贡布雷。法国人对普鲁斯特的熟悉程度可以用橄榄型来形容：根本就不知道他的人，和非常熟悉他的人，都是极少数，大部分的人都读过一点他的作品，但了解不深。我在伊利耶教堂门口遇到两位当地的中学生，据他们说，普鲁斯特作品已经选入他们的课本，但是，读了课本上的节选后，他们也不会继续找来读完全篇。

问：能否分享一下您最近在读或者读完了的好书？

答：陈贻焮的《杜甫评传》，很厚，有上、中、下三册，但串讲杜诗的写法读起来很有兴味。王鼎钧的回忆录四部曲《昨天的云》《怒目少年》《关山夺路》和《文学江湖》，太厚，挑一些段落看。《红楼梦》过一阵就会随便翻看一段。还在看潘向黎的《看诗不分明》，人冰雪聪明，文字自然就有灵气。总之，很少读小说，即便读红楼、聊斋，也当散文读。

读中文书，我特别着眼于句式，注意学习那些新鲜而不失自然、有力而不失规范的表达方式。改行前，微分几何一代宗师陈省身先生对我们说：弄数学，要有些东西可以放在手里耍耍。改行弄文学翻译，我觉得要能放在手里耍耍的东西，首先就是句式。

2015 年 10 月

翻译门外谈

我是半路出家的翻译者，谈翻译的体会很可能是不足为训的。文学翻译入门易，修行难。即便入了门，道行不深，开口也仍是门外谈。

一、状态

译者，有点像自导自演的演员。在翻译过程中，他会先后处于三种状态。

一是做前期准备工作（相当于导演做分镜头脚本、演员做案头准备工作）。这时他要读一两遍甚至更多遍原文，仔细查好生词，看明白文章的脉络、句子的结构。若是长篇，看几遍近乎"奢侈"，但较快地（亦即作为读者，而不是译者那样）读一遍还是必需的。实在太长的作品，如七卷本的《追寻》，至少要对你手头在译的这一卷有所了解，要对你正在译的这一大段细细读上一两遍。倘若看一句译一句，那是无法进入"语境"，难以译出前后呼应的译文来的。查一个词的释义，中文词典若不够用，那就要用原版词典（以期对这个词的含义有一个更准确、更清晰的了解），最后译出的中文，字面上未必是词典上所有的，这很正常。

二是动手翻译（相当于导演导戏、演员演戏）。这时的理想状态是假想自己是作者。译景色，自己眼前仿佛有这景色；译场景，自己仿佛身临其境；译对话，自己仿佛变成这个人物……

三是稍稍"冷却"后细细打磨（相当于导演做最后的剪辑）。要读自己的译文，自己念着不顺口的句子，读者不可能觉得顺口，自己没有感觉的文字，难以让读者有所感觉。

二、标准

翻译的标准，最有名的提法是"信达雅"。其出处是严复在《天演论》弁例中说的"译事三难：信，达，雅"。信，忠实；达，流畅。雅，是什么？小说中有粗人、俗人，难道要他们满口雅言吗？显然不是。我想，雅指的是"好的中文"（从法文 bon français 生剥而来，意即合乎语言规范的、地道的中文）。如果能把粗人、俗人的语言译得声口毕肖，就像是中文好作家写出来似的，那就是"雅"。有位前辈翻译家认为，真正做到"信"了，达、雅自然也就有了。这种观点是有道理的。

也能听到直译、意译的说法。这种分类，我觉得界限过于模糊。说直译不好者，把它等同于"硬译""死译"。说意译不好者，把它类比于"述其大意而已"。How do you do? 您好。这不像直译吧（连标点都改了），但你能说它是意译吗？（它很准确，把语句包含的全部信息都传达出来，就无所谓"意译"了。）

还有一种从国外引入的"等值翻译"理论。作为翻译理论，"等值"自然有其指导意义。而据我肤浅的理解，这有点类似于"假定作者是中国人，他会怎么想、怎么写"。此语最初是傅雷提出的，我想这是傅先生的经验之谈。

我服膺傅雷的说法。在我的心目中，翻译是个感觉的过程。译者设法把自己感觉到的文字背后的东西，让读者也感觉到，就是文学翻译的"大意"。

三、文采

文学翻译的文采，从根本上说，来自对原文透彻的理解。理解透彻了，感觉到位了，才有可能选择恰当的词语和句式，也才有可能把握原作的节奏。而只有译者把握了原作的节奏，译本说的才是"作者的声音"。

要摆脱一味追求"漂亮"的语言习惯。《译边草》中提到，当年汝龙先生要我"少用四字词组"。他举例说，"烈火熊熊"并不能让读者眼前看到什么。我不解地问，那该怎么说呢。他说，写"一蓬火烧得很旺"就很好。

当然，并不是说译者不必积累词汇、不必熟悉句式。恰恰相反，翻译实践要求译者像海绵一样，大量地吸收各种色彩的中文词汇，精心地储备适用于不同场合的中文句式。这些，都是另外的话题了。

四、神韵

文学艺术中，到底有没有"神韵"这么个看不见摸不着的东西？我想是有的，它是存在的，是可以用心去感觉到的。王国维在《人间词话》中说："红杏枝头春意闹"一句中，著一"闹"字而境界全出；"云破月来花弄影"著一"弄"字而境界全出。这两字就是最传神之处，这一点我们用心体会，是可以感觉到的。

诗如此，散文、小说也如此。鲁迅称赞水浒中"那雪正下得紧"比"大雪纷飞""神韵好得远了"。近期电影《命中注定》的插曲是有名的 *Almost lover*。"无缘的爱人"译得传神，尽管它并不那么"如实"（almost 这样一个常见的词，字面上的确只是"几乎，可以算是"的意思）。

五、气质

要能译出神韵，就要善于感觉、善于捕捉文字背后的东西。或者说，译者要有"善感"的气质。这样，他才能和作者"耳鬓厮磨"，同呼吸共感觉。

译者还要"耐静"，耐得住寂寞。好译文，大都是在寂寞的环境中完成的。翻译好比做工，不能三天打鱼两天晒网。老舍说他"有得写，没得写，每天写五百字"，这不正是眼下我们提倡的"工匠"精神吗？写作如此，翻译更是如此。

译者不大可能永远做"本色演员"，他必须学会做"性格演员"。傅雷译巴尔扎克，我们可以感觉到译文中有一种粗犷到近乎粗俗的意味。而他译罗曼·罗兰，给人的感觉是，似乎看得到白皙皮肤下淡淡的蓝色脉管。我相信这是他有意为之的。

六、语境

语境，或者说语言的环境，指的是一个词或一段话和上下文的关系。举个简单的例子，电视剧《唐顿庄园》中，管家对仆人们训话结束时，说"Thank you"。在这个语境中，译成"散了吧",显然比译"谢谢"传神得多。

七、译名

翻译人名、地名,有个原则叫"名从主人",也就是说,哪国的地方和人,要按该国的读音习惯来译。例如Confucius,不是孔菲修斯,而是"孔子"。法文中,末尾的辅音一般不发音,所以 Vincent 是"凡桑"(若是英美人,则是"文森特"),《基督山伯爵》中法老号的会计是"当格拉尔"而非"邓格拉斯"。但是,麻烦有时由"一般"而生,上书主角应是"当戴斯",最后的 s 要发音。女作家杜拉斯(而非"杜拉")、作曲家圣桑斯(而非"圣桑")名字中最后那个s 都要发音。若问为什么?法国人会回答 C'est comme ça(就是这样的啦)。为难的译者只有一个办法:问可靠的法国人。

大侦探 Holmes,按说应是"霍尔姆斯",但我们都叫他"福尔摩斯"。原因是,另外有个原则叫"约定俗成"。当年林琴南按他的福建口音译了"福尔摩斯",沿用至今,成了约定俗成的译名。好在能被岁月打磨成"约定俗成"的译名并不很多。此外较常见的,当数圣经人物的译名。

八、题材

因题材不同（影视、传记、小说等等），"翻译度"往往会有所不同。影视作品的译名要能抓住眼球，这无可厚非。如"魂断蓝桥"（而非"滑铁卢桥"）、"廊桥遗梦"（而非"麦迪森桥"）。再如刘震云新作《我不是潘金莲》，电影海报上英译名是 *I am not Madame Bovary*（《我不是包法利夫人》）。传记作品，流畅是王道。若原作在掉文，翻译时不妨权衡一下，既不破坏原意，又让中国读者不致一头雾水。至于小说，尤其是经典小说，费的力气恐怕要更大，要力求形神兼备。即便是书名，也应扣得更紧，比如说，电影可以译成"雾都孤儿"，但小说我觉得还是译成"奥利弗·退斯特"更好。

九、甘苦

翻译中，真可谓甘苦自知。绞尽脑汁是常事，这当然苦，但一旦找到了感觉到位的译文，那种快乐，又是旁人所无法体会的。投入的译者"犹如母熊舔仔，慢慢舔出宝宝的模样"，译作就是他的宝宝。

这样的生活方式，可能有点傻。但做译者，也许就要有点傻气。

十、"定本"

对重译（复译），不能一概而论。粗制滥造的、一窝蜂的重译，固然不可取，但认真的、严肃的、经过深思熟虑才决定动手的重译，则是必要的、有价值的。翻译作品，没有定本。

我的译文是七改八改改出来的。不仅交稿前改，有时出书后还改。《小王子》就趁再版的机会修改了好几个地方。有读者发问，已经买了先前的译本，现在又改了，那是再买呀还是不买呀。我深感抱歉。但是，想把自己的译文改得更好些，已然成了一种习惯，改（改习惯）也难了。

十一、炼词

熟词、小词（代词、介词等）往往难译。有时需要结合上下文仔细推敲、反复锤炼，方能译妥。这就是翻译中的炼词。例如 It is a topic we shall do no justice to in this place，可译成"像这样一个题目，我们是不可能在这里讲得很透彻的"。justice（公平，公正）是个熟词，to do justice to 意为"公平对待，公正处理"，但翻译时，这个词组必须锤炼出新译来。

十二、起步

不止一次遇到年轻朋友问："我可以尝试翻译吗？"或者，"学翻译，是不是先要看翻译教程啊？"

我的体会是，兴趣，就是动力。如果你真的有兴趣，你就可以尝试。一开始不妨悄悄地尝试，因为你还不知道能不能译出像样的东西来。在尝试的过程中，你要随时检查自己是否有不足之处。基本语法要会用，工具书要会查，这些都是可以一点一点现学现用的。难以现学现用的，是对母语的熟练掌握。如果写封信（不是微信）都写不通，那恐怕就先得过了这一关。

总之，尝试翻译没有什么不可以的。一开始，甚至不必去看翻译教程之类的书。我当年如果先看了这些书，很可能就此被吓退，不敢尝试了。当然，有了一些翻译实践后，再去看这类书，是会从中得益的。

2016 年 5 月

译文的尴尬

杜甫诗云："王杨卢骆当时体，轻薄为文哂未休。尔曹身与名俱灭，不废江河万古流。"这首诗很多人并不陌生。但正如施蛰存先生在一篇文章中所说的，"'轻薄为文哂未休'一句，竟有许多名家读不懂，讲不对"，把它理解成王勃等人文体轻薄，"于是今天在各大学中文系讲授文艺理论或杜诗的教师，都在这样讲、这样教、这样注释"。

"问题出在'轻薄'二字。许多人不了解'轻薄'是'轻薄子'的省略，硬要派它为一个普通的状词。"其实，杜甫的意思是说，"王杨卢骆的文章，尽管你们这些轻薄之徒写文章加以攻击哂笑，但还是代表他们时代的文体。"（《文艺百话》，"说杜甫《戏为六绝句》"篇）

一首并不生僻的唐诗，理解上尚且有这么些周折。翻译外文作品时理解的困惑，译文的尴尬，似乎也就不足为奇了。

陆谷孙先生提到过参加一次译文竞赛评奖的经历。英文原作写一对夫妇龃龉不断，甚至端着咖啡杯在客厅里奔逐追打，令儿子深恶痛绝，接下去有这么一句："It is the mother whose tongue is sharp, who sometimes strikes." 陆先生认为，whose 与 who 两个从句有语气递进关系，所以 strike 是指"动手打人"。但在座的专家（包括洋专家）大都赞成译作"出口伤人"——于是全句就是"做母亲的说话尖刻，有时还出口伤人"。

陆先生写信给原作者求教，未获回音。又问了不少美国友人，结果很妙：同意"出口伤人"和"动手打人"的大致各半。

普鲁斯特的小说《追寻逝去的时光》中，有一段文字描写贡布雷教堂里一方方平躺着的墓石。有个译本是这样译的：

> 如今这片片墓石已失去死寂坚硬的质地，因为岁月已使它们变得酥软，而且像蜂蜜那样地溢出原先棱角分明的界限，这儿，冒出一股黄水，卷走了一个哥特式的花体大写字母……

墓石"变得酥软"已有点诡异，"冒出一股黄水"就更是费解。其实，原文是这样的：

[Ses pierres tombales] n'étaient plus elles-mêmes de la matière inerte et dure, car le temps les avait rendues douces et fait couler comme du miel hors des limites de leur propre équarrissure qu'ici elles avaient dépassées d'un flot blond, entraînant à la dérive une majuscule gothique en fleurs,…

看来这是一段隐喻的描写（别忘了普鲁斯特是位出色的隐喻大师，在他这部散文化的小说中，时不时会碰到绝妙的隐喻）。其中，douce 当是"线条柔和"，而不是酥软，un flot blond 似指"黄澄澄的流波"，而并非冒出的黄水。普鲁斯特写的是在特定光线下见到这些墓石的感觉，写得入情入理，而且很美。因而，整段文字也许不妨译作：

> 这些墓石本身已经失却僵硬、板滞的意味，因为时光使它们变得线条很柔和，沿着磨去棱角的石板轮廓线，有如稠厚的蜂蜜在流淌似的时起时伏，当年四四方方的边棱已不复可见，黄澄澄的流波所过之处，一个花写的哥特体大写字母变了形……

《三剑客》下半部，四个伙伴跟英国人决斗，结果不打不相识，相互成了朋友——但有一个倒霉蛋，却先死在了阿托斯的剑下。阿托斯说这个英国人死于决斗是自作自受，但若留下他的钱袋，则会感到内疚。达德尼昂接着说："您的有些想法真叫人没法理解（inconcevable）。"

李青崖先生的译本《三个火枪手》里，这句话译作："您真有好些使人料想不到的见解。"

细细想来，李译似乎没有琢磨出（要不就是有意回避，生怕给主人公脸上"抹黑"？）达德尼昂"有钱不拿白不拿"的弦外之音。

达德尼昂还真是个"不争气"的主人公。他明知米莱迪是红衣主教的心腹，还是心心念念想占有她。米莱迪呢，也用自己的美色引诱他，写条子给他："我和小叔昨天和前天空等了两个晚上。"（Mon beau-frère et moi nous avons attendu hier et avant-hier inutilement.）

有一个《三剑客》译本，却把这句译作："我的内弟和我于昨天和前天都在等着您，但徒费枉然。"

"徒费枉然"且不去说它。"内弟"可真有些蹊跷。内弟，专指妻子的弟弟。米莱迪的"内弟"，这是从何说起？

说说自己的尴尬。

那是很多年前的事了。拙译《古老的法兰西》在《当代外国文学》杂志刊登以后，见到另外一个译本。一读之下，悚然意识到我把 lâcher son eau 给译错了。照字面上看，这是"放他的水"的意思，我译成"放水"，忽略了"他的"两字的讲究；放他（身体里）的水，其实是隐指"小解"。从此这个疙瘩存在心里，像落下了块心病。

幸好，这个中篇后来收进《马丁·杜加尔研究》的集子。我总算有机会把译文改成了："儒瓦尼奥穿上长裤，到院子里去小便：他是个身材魁梧的乡下汉子……"（原文是：Joigneau enfile son pantalon, et s'en va dans sa cour lâcher son eau: un grand diable de paysan…）

庞德的意象派名诗《地铁站内》（*In a Station of the Metro*），据说历时三年，写了三次才定稿。"第一次写成三十行，放在那里。第二次是半年以后，他把它撕毁了，根据原有的主题，重新写成十五行。他仍然感到不满意，因为那十五行在意象的强烈程度上还很不够。这样又过一年，他再把原有的那个主题——三年前在巴黎的地下铁道某个车站上看见的一些美丽的面貌的印象，重新唤醒，从头构思。在构思过程中删繁就简，只捕捉那个最强烈的意象。这样终于定稿在第三次，只有两行。"（流沙河《意象派一例》）

原诗如下：

The apparition of these faces in the crowd;

Petals on a wet, black bough.

流沙河先生的译文是：

人群里这些脸忽然闪现；

花丛在一条湿黑的树枝。

其中"忽然闪现"扣英文 apparition。此词在其他译家笔下，分别译成"幽灵一般显现"（杜运燮），"鬼影"（余光中），"魅影"（洛夫，李英豪），"涌现"（郑敏），"浮现"（颜元叔）等等。流沙河先生认为诸家译文"都过得去"，只是"'幽灵''鬼影''魅影'都宜改'忽然闪现'为妙"。他措辞这般婉转，想来其中有一层缘故，就是 apparition 的含义颇为微妙，单单坐实"忽然闪现"，恐亦有失"幽灵"意象之虞。

《基督山伯爵》第一百章的标题也是 apparition（法文，拼法和英文相同，含义也相似），起初译"幻影"，后来给改成了"露面"。译本"露面"至今已逾数载，有时想起，心里依然觉得若有所失。在这一章里，少女瓦朗蒂娜神志恍惚中，以为见到的基督山伯爵是个幻影。从渲染气氛（大仲马惯用的手法）着眼，当是"幻影"为妙吧。

中译外，叶君健先生也举过一个"叫人哭笑不得的"例子。有个国内常用的哲学术语，叫"两点论"。译成法文时，为了"在政治上忠实"，译成了 La thèse en deux points。不幸的是，法文里的冒号就叫 deux points，于是，这个庄严的哲学名词，在法文中就成了"冒号论"。

叶先生写道："据说，译者曾就此事请示有关'首长'，但得到的指示还是必须'直译'，因而'两点论'还是作为'冒号论'被介绍出去了。"

"如实"与传神

译者由于翻译观念、审美趣味不同，在翻译实践中会做不同的努力，有不同的表现。这种各行其是，并不是坏事；把所有的译者集于一种观念的麾下，纳入一种趣味的轨道，看来既无必要，也不可能。

傅雷力主传神，他强调"所求的不在形似而在神似"。王科一的翻译，走的是傅雷的路子。试以他的代表译作《傲慢与偏见》为例，第四章里提到伊丽莎白对彬格莱家姐妹没有多大好感。接下去话锋一转：

> 事实上，她们都是些非常好的小姐；她们并不是不会谈笑风生，问题是在要碰到她们高兴的时候；她们也不是不会待人和颜悦色，问题在于她们是否乐意这样做；可惜的是，她们一味骄傲自大。

上述译文中的"问题是在要碰到""问题在于……是否乐意"以及"可惜的是，她们一味"这些字眼，原文字面上是没有的。王科一是位有追求的翻译家，他加上这些字眼，想必是要使译文更显豁，让读者一下子就能体味奥斯丁说反话（irony）的俏皮和机智。

傅雷先生说："我们在翻译的时候，通常是胆子太小，迁就原文字面、原文句法的时候太多。"他主张"要精读熟读原文，把原文的意义、神韵全部抓握住了，才能放大胆子"。王科一放大胆子加了好些字眼，正是实践了这一主张。许多读者对《傲慢与偏见》的兴趣历久弥笃，表明他的实践是成功的。

那段话的原文是：

> They were in fact very fine ladies; not deficient in good humour when they were pleased, nor in the power of being agreeable when they chose it, but proud and conceited.

如果直译的话，可以译作：

> 事实上，她们都是非常好的小姐；在她们高兴的时候，不是不会谈笑风生；在她们愿意的时候，也不是不会待人和颜悦色；不过她们骄傲自大。

这样扣住"原文字面、原文句法"直译，原文的讽刺意味是否就冲淡了，原作神韵的传达是否就有所不逮了呢？这是个见仁见智的问题。我问过陈村的意见，他的看法就跟我不同。他觉得"还是后面的译文好，原先的译文过于无味"，只要把后面的译文中最后一句改成"她们却骄傲自大了"就行。陈村本人的文字以幽默、机智见长，但他不喜欢太"作"。有些读者更喜欢这种"不动声色"的叙述，他们也许会跟陈村一样，觉得后一种译法骨子里更传神。

据说，对传神说有微词，有非议，甚至有反感的译家也大有人在。但见诸文字的议论却不多见。余振先生下面的这段文字，虽说发表距今已有不少时日，但其中的观点，现在的不少译者还是引为同调的。

余振在《与姜椿芳关于译诗的通信》中，是这样说的：

　　"传神"这两个字很神秘，谁也不敢说"传神"不好，但过分强调了，就会出问题。首先，"神"是什么？恐怕主张"传神"的朋友们也不大说得清楚。我认为，"神"是最主观的东西，甲认为是"神"的，乙也许认为是"鬼"。诗中真的有"神"的话，也一定包含在诗的文字之中，只要把原诗的文字如实地译过来，"神"不也就跟着过来了

吗？再一层，原诗的"神"如果隐藏在文字之内，
译者如果把它明译过来，这就是最大的不忠实。

余先生是译诗的，所以单单就诗而言。他的观点，显
然不仅仅局限于诗。细读这段话，我觉着里面有股子火气，
而且隐隐约约感到，这股火气是冲着一些华而不实的译者发
的。以余先生那样认真的性格，看到这些所谓翻译家对原文
不求甚解，一味侈谈"传神"的做派，他心里焉能不火？如
果我这猜度不错的话，我也愿意站在余先生一边高声呐喊：
文且不亨，"神"将安存！

然而我想，"神"是真的有的。韩愈的文章"如长江大
河，浑浩流转"，欧阳修的文章"纡徐委备，往往百折而条
达流畅，无所间断"（苏洵语）。这就是"韩海欧澜"，就是
所谓的"韩欧神理"。"《水浒传》里的一句'那雪正下得
紧'，就是接近现代的大众语的说法，比'大雪纷飞'多两
个字，但那'神韵'却好得远了。"（鲁迅语）这些都是说的
"神"。

我还想，要把原作（诗、小说、散文、剧本）的文字如
实地译过来，有时恐怕要先琢磨出那个"神"来才行。

"To be, or not to be, that is the question."《哈姆雷特》中

的这个名句，可谓"众译纷纭"："活下去还是不活"，"生存还是毁灭"，"是存在还是消亡"，"死后还是存在，还是不存在"，"这条命，要还是不要"，等等等等，哪种译法才算把 to be, or not to be "如实地译过来"了呢？

To have and have not，这是海明威小说的书名。有人译为《有和没有》。译文版的海明威文集里，鹿金先生译为《有钱人和没钱人》。一明译，难道当真就不忠实了吗？

看来，"神"尽管不大说得清楚，但未必就是最主观的东西。如实固然重要，正如演奏不能不按乐谱，然而在文字（音符）之外，毕竟还有一些不大说得清楚的东西。如实和传神，两者是相辅相成的。

吕叔湘是我很敬仰的语文学家。他和朱德熙合写的《语法修辞讲话》问世时，当编辑的家母认真捧读，做完了其中的全部练习题。我当时正读初中，常在母亲边上跟着她读书、做题。从吕先生书中汲取的营养，我终生受用。

后来知道，吕先生年轻时译过书。看了他翻译的小说，才了解吕先生的文笔，也曾经那么神采飞扬。下面是他译的《伊坦·弗洛美》中的两个小例子（转引自王宗炎《从老手学新招》一文）。

Mattie's hand was underneath, and Ethan kept his clasped on it a moment longer than was necessary. 玛提的手在下，伊坦把它握住，没有立刻就放。

Hale refused genially, as he did everything else. 赫尔的拒绝是很婉转的，这人无往而不婉转。

跟"比需要的时间更长"或"正如他做任何别的事情一样"这类所谓中规中矩（其实面目可憎）的译法相比较，"那'神韵'却好得远了"。

色彩与趣味

上乘的译作，要能表现原作的色彩；高明的译者，要能体察作者的趣味。

欧·亨利在短篇小说《警察与赞美诗》里，这样描写一家"迎合胃口大而钱包小的食客"的饭馆：

Its crockery and atmosphere were thick; its soup and napery thin.

按照字面可以译成："它的碗盏（crockery，本义是陶器）和气氛都很厚重；它的汤和餐巾却很单薄。"这样的中文让人难受。

所以我们看到的译文是：

它的碗盏呆笨而气氛呆板；它的汤味淡薄而餐巾单薄。

原文中用异叙（syllepsis）修辞手段所营造的色彩，在译文中表现为"呆""薄"二字的叠用。

同一篇小说里，写主人公来到一个街区，那儿的夜晚有 the lightest street, hearts, vows, and librettos。照字面简直没法译。为什么？因为这里不仅同样用了修辞上的异叙手法，而且让一个形容词 the lightest 去搭配了四个名词。

译者做了变通，把它译成"最明亮的街道，最愉快的心灵，最轻易出口的盟誓和最轻松的歌曲"。英文可以用一个 light 来同时修饰街道、心灵、盟誓和歌曲，中文却只能分别取 light 的四种含义去修饰它们。对译者来说，这已经是勉为其难了；但遗憾的是，原文那种轻快、俏皮的色彩，读者恐怕很难领略到了。

汉语也有类似的修辞格。《儒林外史》第九回里，邹吉甫说的"再不要说起！而今人情薄了，这米做出来的酒汁都是薄的！"就是异叙了。可惜在翻译实践中，能够把修辞手法用得这么浑成、让修辞色彩显得这么鲜明的机会并不多见。

《双城记》中的马奈特医生，把他在巴士底监狱写成的文稿，藏在烟囱的内壁里，"在我和我的悲愁都灰飞烟灭之时，某只富于同情的手可能会在那儿找到它"。(1998 年译文版)

"在我和我的悲愁都灰飞烟灭之时"，也有人译作"等到我的尸骨化为飞灰，我的哀愁也随风散去时"。

原文 when I and my sorrows are dust 的字面意思是：当我和我的悲愁都化为尘土时。相比之下，后面那句译文读起来比较流畅，但就表现文字色彩而言，似乎不如前面那句译文，因为它刻意保留了原文中拈连（zeugma）的色彩。（《红楼梦》里，周瑞家的说："这凤姑娘年纪儿虽小，行事儿比是人都大呢。"行事之所以能说大，正是由前面说的年纪小拈连而来的。）

诗无达诂，译无定本。

对翻译而言，撇开文本的诠释等不谈，其中还有个趣味的因素。

还是《双城记》。全书一开头是个有名的长句：

It was the best of times, it was the worst of times, it was the age of wisdom, it was the age of foolishness, it was the epoch of belief, it was the epoch of incredulity,...

手边的两个译本分别译为：

那是最昌明的时世，那是最衰微的时世；那是睿智开化的岁月，那是混沌蒙昧的岁月；那是信仰

笃诚的年代，那是疑云重重的年代……（1998年译文版）

那是最美好的时代，那是最糟糕的时代；那是智慧的年头，那是愚昧的年头；那是信仰的时期，那是怀疑的时期……（1996年译林版）

黄邦杰先生却写过一篇名为《加词技巧的妙用》的文章，主张把这个句子译为：

这是一个隆盛之世，但也是一个衰微之世；这是一个智慧的时代，但也是一个愚蠢的时代；这是一个有信仰的新纪元，但也是一个充满怀疑的新纪元……

黄先生说："三个'但也'都是加上去的，不加则前后句连接不起来，不作如是对比，则显不出这个时代充满的种种矛盾。"

但我以为，我们从这三个不同的译例中看到的，毋宁说是文字趣味的不同。有时候，这种趣味只是阅读习惯的流露而已。因此，不同的译本——只要是认真的译作——应该可以共存。一般来说，也不必非把某个译本派作定本不可。

喜不喜欢用四字句，也是个文字趣味的问题。

许多年前去看汝龙先生，他跟我谈到文学翻译的语言，主张"少用四字句"。他举了个例子，"说'烈火熊熊'，你眼前看见什么了？"我当时觉得有些愕然，问道："那该怎么说呢？"他笑了笑说："怎么想就怎么说，比如可以说'一蓬火烧得很旺'嘛。"

汝龙先生早已作古，但这段对话我至今印象很深。

《风灵》（*Le Sylphe*）是法国象征派诗人瓦雷里（Paul Valéry）的名诗。其中有一节，原文为：

> Ni vu ni connu,
>
> Le temps d'un sein nu
>
> Entre deux chemises!

卞之琳译作：

> 无影也无踪，
>
> 换内衣露胸，
>
> 两件一刹那！

王佐良在一篇文章里写道："译文出来之后，有一位评者认为第二行应改译'换衣露酥胸'。这位评者所追求的，恰是作者——还有译者——所竭力避免的。'酥胸'是滥调，是鸳鸯蝴蝶派的辞藻，而原诗是宁从朴素中求清新的。"

王先生说："这个例子说明的是：高雅的作者，体贴的译者，趣味不高的评者。"

这话说得妙。

下面的文字，是从《胡适书话》中摘抄的：

《老残游记》里写景的好文字很多，我（胡适先生——抄者按）最喜欢的是第十二回打冰之后的一段：

抬起头来看那南面的山，一条雪白，映着月光分外好看。一层一层的山岭却不大分辨得出。又有几片白云夹在里面，所以看不出是云是山，及至定神看去，方才看出那是云那是山来。虽然云也是白的，山也是白的；云也有亮光，山也有亮光，只因为月在云上，云在月下，所以云的亮光是从背面透过来的。那山却不然，山上的亮光是由月光照到山上，被那山上的雪反射过来，所以光是两样子的。然只就稍近的地方如此，那山往东去，越望越远，渐渐的天也是白的，山也是白的，云也是白的，就分辨不出甚么来了。

这种白描的功夫真不容易学。只有精细的观察能供给这种描写的底子；只有朴素新鲜的活文字能供给这种描写的工具。

……（《老残游记》）四十回本之为伪作，绝对无可疑。别的证据且不用谈，单看后二十回写老残游历的许多地方，可有一处有像前二十回中的写景文章吗？看他写泰安道上——

一路上柳绿桃红，春光旖旎；村居野妇联袂踏青；红杏村中，风飘酒帜；绿杨烟里，人戏秋千；或有供麦饭于坟前，焚纸钱于陌上……

列位看官在《老残游记》前二十回里可曾看见这样丑陋的写景文字吗？

（"这样丑陋"的文字，说不定在有些人眼里正是美文呢——抄者按）

"冷却"与打磨

好的译文，往往是改出来、磨出来的。

巴尔扎克在《高老头》里这样描写伏盖公寓的所谓"公寓味道"：Elle pue le service, l'office, l'hospice.

傅雷 1946 年版的译本里，这一句译为："它教你想起杯盘狼藉收拾饭桌的气息，医院的气息。"

1951 年的修改本里，这一句改为："那是刚吃过饭的饭厅味道，救济院味道。"

1963 年，傅先生将整本书全部重译一遍。这一句重译成："那是刚吃过饭的饭厅的气味，酒菜和碗盏的气味，救济院的气味。"这句译文，不仅意思更准确，而且在相当程度上传达出了原文中三个形容词语尾同音的韵味。

李文俊先生最初译的《喧哗与骚动》，有一部分刊载在《外国现代派作品选》第二册。其中有一段提到，父亲把爷爷留下的表给昆丁，对他说：

　　……很可能——令人痛苦地可能——你靠了它可以获得所有人类经验的 reducto absurdum（拉丁语，意为归谬法），这种归谬法没有给你父亲的父亲和祖父带来好处，也不会对你有什么好处。

1995 年译文版的《喧哗与骚动》中，这一段改作：

　　……你靠了它，很容易掌握证明所有人类经验都是谬误的 reducto absurdum，这些人类的所有经验对你祖父或曾祖父不见得有用，对你个人也未必有用。

后一种译文，至少作了三处较大的修改：

一、前译中的"令人痛苦地"乍一看消失了——其实变成了一个"很"字。原来英文 excruciatingly 一词，可作"令人痛苦地"，亦可作"非常"讲（excruciating poverty 就是"赤贫"的意思）。根据上下文（context），揣摩全句的意思，后译取了"非常"之义。

二、"获得所有人类经验的 reducto absurdum"，改成了"掌握证明所有人类经验都是谬误的 reducto absurdum"。这一修改，当是字斟句酌、细细审视原文"to gain the *reducto absurdum* of all human experience which can..."的结果。

三、对上面这个 which 的逻辑主语有了新的认识,从"这种归谬法"改成"这些人类的所有经验"。

林疑今先生译海明威的 *A Farewell to Arms*,译本再版多次。小说第十九章里提到一个"来自旧金山的意大利人"爱多亚。

1940 年的译本《战地春梦》里,人家冲爱多亚说:"你不过是个旧金山的洋鬼子。"

1957 年(新文艺版)和 1980 年(译文版)的译本《永别了,武器》里,这一句都作:"你不过是个旧金山的外国赤佬罢了。"

1995 年(译文版)的译本《永别了,武器》里则作:"你无非是个旧金山来的意大利佬罢了。"

原文是"You're just a wop from Frisco."两相对照(wop 是俚语,指美国移民中的意大利人或他们的后裔;Frisco 在口语里指 San Francisco,亦即旧金山),译文的确是愈改愈好了。

我的译作,都是七改八改改出来的。不仅自己改,有时朋友、读者也帮着改。

从翻译《追寻逝去的时光》第一卷起,一直与涂卫群女士保持通信联系（起先是信，后来是电子邮件）。多年来，她"亦步亦趋"地校阅拙译初稿，对照法文原书提出许多中肯的修改意见。倘若没有她的帮助，拙译第一卷、第二卷以及手头正在译的第五卷，不会有现在的面貌。

《追寻》第一卷由译文出版社出版后，北京读者李鸿飞先生给我写了一封长信，其中特别提到，有一个原文写得相当晦涩的段落，我可能没有读懂它的含义。那是在第一部"贡布雷"中，主人公看到一个农家女孩，回忆起"当初在贡布雷宅子的顶楼，在那个闻得到鸢尾花香的小房间里"，他曾把"内心刚刚萌动的种种想望和欲念"向窗外的塔楼倾诉过。接下去的拙译含混而费解：

> 我靠自己开出了一条路，起先那仿佛是条没有指
> 望的死路，但临了终于显出了一道生来就有的印迹，
> 犹如蜗牛在探进小屋的野蔍子树叶上留下的印迹。

经李先生提醒后，我顺着青春期"萌动的种种想望和欲念"这一线索，反复推敲看似扑朔迷离的原文，把译文改成：

> 但当探进小屋的野蔍子树叶添上一道犹如蜗牛
> 爬过留下的黏痕那般的、受诸上天的印痕之时，我终

于给自己开辟了一条原以为没法打通的陌生通道。

句子有些拗口，算不得好译文。但先前挡在文字跟前的障碍，现在撤除了。作者不愿明说的东西，读者应该可以从译文咂摸出是怎么回事了。

高克毅先生用乔志高的笔名，以翻译《大亨小传》（小说原名 *The Great Gatsby*，大陆通常译作《了不起的盖茨比》）著称。若干年前，他写了一篇《大亨与我——一本翻译小说的故事》，里面"不打自招"，披露了译本中一个"绝大的'事实错误'（error of fact）"。

小说第七章里，有这么一句："记得那次我从'酒钵号'游艇把你抱上岸，不让你鞋子弄湿，你那时没爱我吗？"高先生说，他从上文的"鞋子弄湿"，想当然地以为 Punch Bowl 是一条游艇。"我一时懒于查书或请教高明，弄出个'酒钵号'游艇，完全是瞎猜，自以为八九不离十；书出后不免怀着鬼胎，但始终也没设法去追究。"这儿，"不免怀着鬼胎"写得很生动。

后来，高先生去夏威夷，碰巧看见了公路指向牌上的 Punch Bowl，"大吃一惊"。问过朋友，这才明白 Punch Bowl 是火山遗址，位于著名的旅游胜地加比奥兰尼公园。

如果《大亨小传》再版，高先生想来一定会把这艘游艇换掉。

译文需要打磨，在更多的情形下是由于"翻译度"不够。对此，杨绛先生有过一段精辟的论述：

> 从慢镜头下来看，就是分解了主句、分句、各式词组之后，重新组合的时候，译者还受原句顺序的束缚。这就需要一个"冷却"的过程，摆脱这个顺序。孟德斯鸠论翻译拉丁文的困难时说："先得精通拉丁文，然后把拉丁文忘掉。""把拉丁文忘掉"，就是我说的"冷却"。

这是前辈的经验之谈，是把译文改好的"秘诀"。

语法与逻辑

　　《简明不列颠百科全书》的词条"诗（poetry）"中，举了一个例子。英国小说家、诗人吉卜林为死于第一次世界大战之中的几个士兵写了一组墓志铭，也就是一组短诗。其中有一首，是为一个想临阵脱逃而被战友处决的士兵写的：

> I could not look on Death, which being known,
> Men led me to him, blindfold and alone.

这本辞书上的译文：

> 我认识死，我不能面对死，
> 人们领着我去死，盲目地、孤独地。

　　不仅"把押韵的诗变成不押韵的不诗"（赵元任语），而且给人的感觉是云里雾里，不知所云。

　　这首只有两行的短诗，绿原先生也译过：

恕我未能正视死亡，尽管当时惊险备尝，

只因把我两眼蒙住，人们让我孤身前往。

韵脚很整齐，读来也朗朗上口，但是"当时惊险备尝"云云似乎有点蹊跷：原诗有这意思吗？诗人很清楚自己是在给谁写墓志铭，他写出来的短诗，应该说意思也是清楚的：我（这个士兵）没能正视死神（Death），这一点让人（战友）觉察了，他们蒙上我眼睛（我就是 blindfold 的了），送我孤零零地（alone）去见它（死神）。

所以，我更欣赏黄杲炘的译文：

我未能正视死神；人们一觉察，

便蒙上我眼睛，单送我去见它。

细细想来，问题恐怕就出在那个 which 上。《简明不列颠百科全书》中这一词条的译者也好，绿原先生也好，想必都以为它的先行词是 Death，所以译成了"我认识死"或"惊险备尝"（死亡的滋味，我知道了）。而从黄先生的译诗，可以看出他是把整个 I could not look on Death 作为 which 的先行成分的。

《简·爱》第五章，简·爱刚被送进劳渥德义塾，她看见

"身体结实一点的姑娘们跑来跑去，在做活动力强的游戏"。

这个译本中的"做活动力强的游戏"，原文是 engaged in active games。译文的意思并不错，只是——中文里好像没这么说的。

另外两位译者分别译为：

身体比较健壮的几位姑娘窜来奔去，异常活跃。
身体强健些的姑娘仍在跑来跑去，做剧烈的活动。

两句都没有点明"游戏（games）"，想必是加了这两个字，搭配有些麻烦。"做异常活跃的游戏"？"做剧烈的游戏"？都不行。

要把这句简单的话说好，还真是不容易呢。"使劲地窜来奔去，做着游戏"？"跑来跑去，在做剧烈活动的游戏"？

《包法利夫人》，我手边有五个不同的译本。

小说第二部里提到，镇上的药房老板写信托书商给爱玛寄书，"书商漫不经心，就像给黑人寄铜铁器皿一样，把当时流行的善书，不管三七二十一，统统寄了过来。"——五个译本中最早的译本这么译，以后各译本都将"铜铁器皿"换成了"五金制品"或"五金器具"，但总体上大同小异。这句话真是很费解，给黑人寄五金制品，这算什么意思？

存疑，是细查词典的出发点。原来，quincaillerie 一词除有"五金制品"的释义外，还可作"假首饰"解。用这种玩意儿去打发黑人，骗他们的钱，正是 19 世纪有些白人的行径。所以，福楼拜原意是说，那书商就像给黑人发送假首饰那般，漫不经心地打包寄来一批时下行销的宗教伦理书籍。

这样，是不是就比较说得通，比较合乎情理，或者说比较合乎逻辑了？

要使译文表达得准确、鲜明而生动有力，还得讲究修辞。仍从吕叔湘翻译的《伊坦·弗洛美》中举例。

小说中有这么一句话：Sickness and trouble; that's what Ethan's had his plate full with, ever since the very first helping. 吕先生译作："病痛和祸害，这是伊坦的家常便饭，从他能吃饭时候算起。"前辈学者王宗炎先生感叹说："我起先看到这话，想了半天想不出一个人人看得懂的译法，哪晓得吕译竟那么明畅老练！"

王先生还说："吕先生的中文词汇是那么惊人地丰富，无论是古文、白话、成语、俗谚、行话、切口，他都兼收并蓄，到了下笔翻译的时候，简直是源源而来，左宜右有。"例如，Now and then he turned his eyes from the girl's face to that of the partner, which, in the exhilaration of the dance, had taken on a look of impudent ownership. 吕先生的译文堪称神来之笔："他时而转移他的目光从女子的脸上到她的舞伴的脸上，那张脸在跳舞的狂热之中俨然有'佳人属我'的精神。"

又如，Now, in the warm, lamplit room, with all its ancient implications of conformity and order, she seemed infinitely farther away from him and more unapproachable. 在吕先生笔下，这个句子妥帖而生动地译成："这会儿在温暖的有灯亮的屋子里头，自古以来的伦常和规矩好像都摆在这儿，她变得辽远而不可接近。"

有时，还必须用一些另类的修辞手段。

傅雷的《欧也妮·葛朗台》译本中，葛朗台老爹说自己的女儿"比我葛朗台还要葛朗台"。细心的读者读到这儿，心里难免会生出一丝疑窦：这话是巴尔扎克的"原话"呢，还是傅雷先生的"再创造"？

查一下原文，就可以知道傅雷的这句译文，完全是巴尔扎克的原话：elle est plus Grandet que je ne suis Grandet. 把名词用作形容词的修辞手段，译文中"原汁原味"地沿用了。

翻译中有些疏忽，有点闪失，是在所难免的。但若能在下笔时，从语法（对和不对）、修辞（好和不好）和逻辑（说得通不通）的角度审视一下译文，情况就会好得多。

格物与情理

叨为吴劳先生（装着一肚皮美国文学的翻译家，《老人与海》《马丁·伊登》的译者）的同事，常听他教诲格物"那亨格要紧"（苏白，如何之重要）。格物，本义是推究事物之理。吴劳说的格物，含义更广一些，有时就是弄明白一个词（或词组）究指何物的意思。

温庭筠《菩萨蛮》中"小山重叠金明灭，鬓云欲度香腮雪"一句，因"小山"之义难以坐实，被黄裳先生判为"千古之惑"。

历代注温词者，大都以为"小山"是屏风上的山。

夏承焘说是眉山，即唐玄宗令画工画的十种眉样之一，俞平伯先生不同意："若'眉山'不得云'重叠'。"

沈从文先生在《中国古代服饰研究》中说："唐代妇女喜于发髻上插几把小小梳子，当成装饰……温庭筠词'小山重叠金明灭'所形容的，也正是当时妇女头上金银牙玉小梳在头发间重叠闪烁情形。"

金克木先生则认为，这不过是古代妇女"早晨起床，头发已不匀不平，高高低低好像一座又一座小山峰头重叠了。随着头的晃动，金簪金钗自然忽隐忽现忽明忽灭了"。

后来还有专家、学者提出种种不同的看法。

格物之难，由此可见一斑。

董秋斯先生译的《大卫·科波菲尔》第四十四章中，提到朵拉在"用报纸裹头发"。看到这儿，觉得不解。

查原文，是 put hair in papers。再看张谷若先生的译本《大卫·考玻菲》。张先生译作"把头发用纸卡起来"，同时加注："用稍硬的纸，卷成窄条，把头发一绺绕在上面，然后结起，每绺一条，经过一定时间，头发即卷曲。"

报纸，想来是弄错了。稍硬的纸卷成窄条，再把头发绕在上面？记得在电影里见过老式的鬈发，好像是用稍软的纸，把一绺头发包在里面一起卷曲，然后再"结起"的。从字面看，这样似乎也跟 put...in 比较契合。不过狄更斯时代的鬈发纸，或许真是稍硬的，而不是稍软的，也说不定。

海明威有部小说里写道：He sent a pneu to her. 有人译作"他送了个轮胎给她"。其实，这里的 pneu 是法文 pneumatique（意为气压传送信件；英文 pneumatic 则是充气轮胎）的缩写——顺便说一句，海明威在描写巴黎的小说中用到这么一个法文词，并不是太出人意料的事。所以，上面那句话应该译作"他寄了封气压信给她"。

可是，气压信到底是怎么个东西呢？一位细心的读者看了拙译《不朽者》第十四章（都德在这一章里也提到了气压信）的一条脚注后，提出了这个问题。那条脚注是这样写的："旧时巴黎市内用气压传递的急件，一般用蓝纸，所以也称蓝色急件。"说实话，我虽说查过原版词典，但也仍然不很明白这种信件究竟是怎么传递的。

于是，我寄了封信给法国的朋友。承这位朋友耐心作答，才大致弄清楚了气压信（或称急件）是这样传递的：寄信人把写在专用纸上的信件放进一个小筒里，邮局通过专设的地下压缩空气管道，将信件发送往指定的邮局，发送速度为每秒五至十米。对方邮局收到信件后，由专人投送给收信人。巴黎和法国的其他一些大城市都用过这种邮递方式，巴黎直至 20 世纪 70 年代才停用。这种邮递方式，英文中有个专门的说法：pneumatic dispatch。

法文小说中，还常会出现 entresol（中二楼）这个词。《包法利夫人》第三部开头，莱昂回到阔别三载的鲁昂，重又见到包法利夫人，"他寻思，是该横下心来占有她了"。接下去，福楼拜写了这么一句：

一个人到了中二楼，说话就跟在五楼不一样，阔太太仿佛在紧身褡的夹层里塞满了钞票，铠甲似的保护着贞洁。(on ne parle pas à l'entresol comme au quatrième étage, et la femme riche semble avoir autour d'elle, pour garder sa vertu, tous ses billets de banque, comme une cuirasse, dans la doublure de son corset.)

要弄明白有关楼层的这个比喻，先得格一下"中二楼"和"五楼"的物。原来，介于底楼与二楼之间的"中二楼"，有点类似于上海的"亭子间"，但多为窗户朝街。在福楼拜的年代，住这儿的通常是看门人之类身份低微的人。有钱人家有时也把中二楼用作厨房。至于五楼，在当时可是正宗的套间，里面的住户都是阔人。

其实，福楼拜做过一个铺垫：

若是在巴黎的沙龙里……这可怜的书记员挨在一位衣裙镶饰花边的巴黎淑女身边，免不了会像个孩子似的周身直打颤；可是在这儿，在鲁昂的码头，面对这个小医生的妻子，他觉得挺自在，料定对方准会对自己着迷。

中二楼，喻的是"在这儿，在鲁昂的码头"；五楼，喻的是"巴黎的沙龙"。

手边诸前贤的译本中，有三本大致译作"在大厅说话和在阁楼说话就是不一样"，有一本译作"在底层说话和在四楼不同"，另有一本译作"在底楼说话和在顶楼说话就是不同"。原文中比喻的犀利和幽默，似乎有些迷失在大厅、阁楼或底楼里了。

情理，跟格物同样要紧。不合情理的译文，不会是好的译文。（即使荒诞派的作品，也应有它的情理可循。）

当年有本很畅销的翻译小说《战争风云》，第四十五章里，海军少将柯尔顿说：

> 他们（指日军）迟早会向东挺进，烧掉德士古的汽油，把旧别克汽车的铁片打到我们身上。

既然日本当时为了发动太平洋战争，正需要美国的石油，为什么又要把石油烧掉呢？这未免太不合情理了。至于"把……铁片打到我们身上"，好像也有些玄乎。

一对原文，发现问题出在 burn 的翻译上。burn 除了烧毁、烧掉的含义，还有燃烧这个合乎情理的含义。burning Texaco oil 不是"烧掉"德士古的汽油，而是把这种汽油当燃料。当然，shooting pieces of old Buicks at us 也并不是用别克牌汽车的废铁，而是用这种废铁做成的子弹来射击。

揆情度理，给金隄先生带来过"'yes'的苦恼与乐趣"（金先生文章篇名）。商店主顾和女店员之间有这么一段对话：

> "马上送去，行不行？"他说，"是给病人的。"
>
> "行（Yes），先生。马上就送，先生。"

金隄先生说，一个单音节的"行"字，似乎可以把那种热情、麻利的神态表达得更确切。若用"好的"或"可以"，语气上都有微妙的不同。

斯蒂汾（《尤利西斯》中的人物）正要离开学校，校长追上来喊："等一下。"斯蒂汾答道："Yes, sir."他对校长既尊敬而又觉得他有些可笑，所以这声回答"绝不是绝对服从，而是带着无可奈何的屈就意味"，因而金隄先生译作"我等着，先生"。

绝望的双关

"双声与双关，是译者的一双绝望。"这句俏皮话，是余光中先生在《与王尔德拔河记——〈不可儿戏〉译后》里说的。

双声，指声母相同的双声词。"分飞黄鹤楼，流落苍梧野"（孟浩然诗）中，"分飞""流落"就是对仗的一组双声词。余光中先生举拜伦《哀希腊》诗中 the hero's harp, the lover's lute 为例，说"胡适译为'英雄瑟与美人琴'，音调很畅，但不能保留双声"。

非派 hero 为"英雄"、harp 为"竖琴"不可，那眼看就得绝望了。然而，倘允许稍作通融，则不妨译作"豪杰的号角，情人的琴弦"（黄杲炘先生译句），保留"豪、号""情、琴"这一对双声词。至于原文中的"眼韵"（h 和 h，l 和 l），那恐怕只能割爱了。

奥斯丁是个心思灵活而缜密的女作家。她的两本特别有名的小说，书名都透着一股俏皮劲儿。*Pride and Prejudice*，前后两个词起首都是 Pr。中译本书名《傲慢与偏见》中，这层信息无法保留。*Sense and Sensibility*，起首四个字母都一样：Sens。译成《理智与情感》，毕竟也是割爱的译法。

余先生将王尔德的名剧 *The Importance of Being Earnest* 译作《不可儿戏》。这个剧本，另有《认真的重要性》和《名叫埃纳斯特的重要性》的译名。前一译名和《不可儿戏》意思相近，只是显得不够浑成，一眼看去倒像是论文题目。后一译名见于钱之德先生《王尔德戏剧选》，戈宝权先生特地在序言里提到，"这个喜剧不过三幕，剧情的关节在于一个双关语的假想的人名上面，即'埃纳斯特'（Ernest）既可作为人名，由于它的发音和'认真'（earnest）一字相同，又可作为'认真'解释。"这段话不啻是剧本译名的一个注脚。

Ernest 是 earnest 的谐音，语涉双关，当无疑义。但因此说这个人名"又可作为'认真'解释"，一屁股坐实，未免就有点牵强了。

余光中先生是这样处理的：剧名取"认真"义，人名则取谐音译作"任真"——既认真，又不认真，妙就妙在似是而非。

双关，是莎士比亚爱使的手段。谐音双关，语义双关，弄得译者一次又一次在绝望的边缘搜索枯肠。

《哈姆雷特》第五幕第一景中，两个掘墓的小丑有一段对话。小丑甲提到亚当，小丑乙问亚当算不算一个 gentleman，小丑甲回答说：He was the first that ever bore arms. 其中的 arms 按说是盾形纹章的意思，可是两个小丑把它跟 arm 的另一个意思"手臂"拧在一起，造成了双关的效果。

以下是几位前辈的译文。

小丑乙　亚当也算世家吗？

小丑甲　自然要算，他在创立家业方面很有两手呢。

小丑乙　他有什么两手？

小丑甲　怎么？……《圣经》上说亚当掘地：没有双手，能够掘地吗？

（朱生豪,《哈姆莱特》）

朱先生干脆撇开了纹章，另起炉灶，在"很有两手"上渲染语义双关的意趣。

乡乙　他是一位绅士吗？

乡甲　他是第一个佩戴纹章的。

乡乙　什么，他哪里有过纹章？

乡甲　怎么，……《圣经》上说"亚当掘地"：他能掘地而不用"工具"吗?

(梁实秋,《哈姆雷特》)

这段译文前三句都扣住原文意思,但原文中的"纹章"另有出路,这一点大概让梁先生陷于绝望了——否则何至于用"工具"还特地加引号呢?

小丑乙　他可是个士子吗?

小丑甲　他是开天辟地第一个佩戴纹章的。

小丑乙　哎也,他没有什么文装武装。

小丑甲　怎么,……《圣经》上说"亚当掘地":
　　　　没有文装他能掘地吗,正好比没有武装打
　　　　不了仗?

(孙大雨,《罕秣莱德》)

arms 的语义双关换成了纹章和文装的谐音双关。可惜读到"没有文装他能掘地吗",总觉得稍有些勉强(尽管后半句用武装来补了补场)。

丑二　他也是个大户人家?

丑一　他是开天辟地第一个受封的。

丑二　谁说的,他没有受过封。

丑一　　怎么，……《圣经》里说亚当挖土：他若是

　　　　没有胳臂，他会挖土吗？

（曹未风，《汉姆莱特》）

这段译文，在"受封"和"胳臂"两处加了脚注，点明原文语义双关，算是一种妥协的办法。

童话中往往也少不了双关的趣味。*Alice in Wonderland*的第三章，老鼠要给爱丽丝讲自己的故事，它说：Mine is a long and a sad tale! 意思是"我的故事很惨，说来话长！"（吴钧陶，《爱丽丝奇境历险记》）爱丽丝瞧瞧它的尾巴回答说：It is a long tail, certainly, 意思是"当然啦，尾巴很长"——乍一看，译文似乎有点前言不搭后语。其实在英文里，tale 和 tail 读音完全一样，所以爱丽丝把 tale（故事）听成 tail（尾巴）自然而发噱。于是吴先生加了个注，说明原文中的双关意义，并提请读者注意"译文中'很惨'与'很长'音相近"。

在赵元任先生早先的译本里，"那老鼠对着阿丽思叹了一口气，'唉！我的身世说来可真是又长又苦又委屈呀——'阿丽思听了，瞧着那老鼠的尾巴说，'你这尾是曲啊！'"当然，赵先生也得加注点明原文是利用谐音来打趣云云。

双关确乎能给小说的行文添上一层诙谐、风趣的色彩。

欧·亨利在短篇小说《爱的牺牲》里有段俏皮话。我们看到的译文是这样的：

> 乔在伟大的马杰斯脱那儿学画——各位都知道他的声望；他取费高昂，课程轻松——他的高昂轻松给他带来了声望。

原文里，有个很妙的双关。high 是高昂，light 是轻松，两个词并在一起的 highlight，却是美术上的一个术语：高光。所以原文中最后那句 his highlights have brought him renown 的字面意思是：他擅长表现高光而赢得声望——看原文的读者看到这儿，多半会在心里会意地一笑。

文体与基调

年轻时看傅雷先生的译作，总觉得巴尔扎克的小说自有一种"野"气，跟书里那些笔法粗犷、线条遒劲的钢笔画（那可真是些出色的插画）很相配。而《约翰·克利斯朵夫》有时给我的感觉，就仿佛能在白皙细腻的皮肤下面，隐隐约约看见淡青色的脉管似的。

傅雷追求的境界，是让读者感到仿佛是作者在用中文写作。因此他在翻译不同作家的作品时，必然会在传达作家的总体风格、遣词造句特点上多下功夫。

很多年以前，在报上见过文洁若先生的一篇文章。题目好像叫"不妨临时抱抱佛脚"，意思是说动手翻译某个作家的小说之前，不妨看一些跟这位作家风格相近的中国小说。

这有点像运动员赛前的热身，有利于进入状态。

洋人也有"临时抱佛脚"的。R.霍华德在开译戴高乐的《战争回忆录》之前，据说花了很多时间阅读各种古典历史名著的英译本，想从中寻觅一种合适的文体。结果他看中了古罗马历史学家塔西佗《历史》的英译本，觉得这个译本的文体正好可以用来译戴高乐，"于是他就心安理得地用之为他的模型"（林以亮，《翻译的理论与实践》）。

记得王科一先生在《傲慢与偏见》最早的"译者前记"里提到过，是邵洵美先生建议他采用北京话来译这本小说的。可见当初王先生反复考虑过翻译的基调——也就是文体。

我还保存着 1955 年《傲慢与偏见》的初版译本，不过当时大概借去看的同学太多了，前面好几页都已残缺不全。而以后的版本，不知为什么，译者前记里的这段话好像删掉了。我问过王先生的女儿王蕾女士，她也记得有过这段话，可惜她手头没有初版的译本了。

杂家与行家

译小说的，最好是个杂家：历史、地理、植物、心理、音乐、美术、渔猎、打球，样样都懂一点——至少，知道得怎么"恶补"。

傅雷 1954 年写给宋淇的信上说，巴尔扎克的 *César Birotteau* 一书"真是好书，几年来一直不敢碰，因里头涉及 19 世纪法国的破产法及破产程序，连留法研究法律有成绩的老同学也弄不甚清，明年动手以前，要好好下一番功夫呢！"

后来，傅雷终于译出了这本《赛查·皮罗托盛衰记》。以他的为人，下的功夫想必不会少。说他这时已成大半个行家，想必也不会为过吧。

翻译专业性较强的书籍和文章，对译者往往是个考验。

辛丰年先生写过篇文章，叫《对"钢琴"一词的咬文嚼字及其他》，里面举了一些译本音乐术语误译的例子。

房龙《人类的故事》（三联版）里说："一个名叫吉多的……为我们作了音乐注释的现有体系。"简直有点不知所云。但从"注释"不难猜到原文是 note，而这个英文词又指"音""音符"。吉多（Guido）则是中世纪法国的天主教僧侣，又是音乐家，我们今天用"do、re、mi……"读谱唱歌的"唱名法"，就是他首创的。（不过他不用 do，而用 ut。）所以原文的意思想必是说：吉多创制了我们现在所用的唱名法体系。

尼采《悲剧的诞生》里提到"道白"，但据所附外文 Recitivo secco 判断，这里说的是"干吟诵调"，它是一种吟诵调（又译宣叙调），跟咏叹调不同，但并不是"道白"。

还有两个例子，出自辛先生"多年来不离身的一部好词典"。

Overblow 释义作"吹（管乐）过响以致基调失真"。其实这是个术语，中文就译作"超吹"。比如在竹笛的某个音位上加一点劲吹，就会吹出一个高八度的音来。

Cadenza（华彩乐段）释义作"休止之前歌声的婉转"，就更欠妥了。

好词典也难免有瑕疵。所幸的是，这两处的释义，新版的词典里都已作了修正。

一千八百页的厚厚两卷《音乐圣经》，我有时翻翻看看，从中得益不少。编写这种大型的工具书，很不容易，有些瑕

疵，在所难免。书中介绍肖邦玛祖卡舞曲 CD 版本时，提到
"措奥格（Ts'ong）演奏版"。乍一看，还不知道这位"措奥
格"是何许人也。幸亏 Ts'ong 透露了信息，原来这位演奏家
不是别人，就是傅聪呀。

不知有没有出新版？也许，新版中作了修正？

记得在大学念书时，不止一次地感觉到，读数学著作的
译本，居然要比读原著吃力得多。这种体验一度使我感到过
惶惑。

日前读到王太庆教授大文《读懂康德》，不由得发出会心
的一笑：原来在下少时的体验，王先生也有过。请容我摘引
王先生的文章：

> 抗战后期在西南联大哲学系……翠湖中间的那
> 所省立图书馆里，我一连几天借阅胡仁源译的《纯
> 粹理性批判》，可是尽管已经有教科书上的知识做
> 基础，我还是一点没有看懂。不懂的情况和读斯宾
> 诺莎《伦理学》的旧译本差不多，一看就不懂，而
> 且越看越不懂。后来看了 Kemp Smith 的英译本和
> Barni 的法译本，才发现康德的写法尽管有些晦涩，
> 却并不是那样绝对不能懂的。我怀疑汉译本的译者

没有弄懂康德的意思，只是机械地照搬词句，所以不能表现论证过程。

翻译，译到读者"一看就不懂，而且越看越不懂"的地步，可谓绝译也。

古文修养还是要的

　　许多年以前看满涛先生译的果戈理小说，不知什么原因，对"二人同心，粪土成金"这几个字印象特别深。后来，在《世说新语》言语篇中读到"《易》称：二人同心，其利断金……"骤然想到，满涛那八个字，不就是从中衍化而成的吗？看满涛先生译文时，记得他还健在——那该是有些遥远的过去了。时至今日，篇名乃至书名都已忘了（但能肯定，不是《死魂灵》），这八个字却带着几分奇巧的色彩留在了脑海里。

　　尘元（陈原的谐音笔名）写过一本有趣的小书《在语词的密林里》。里面提到，有一首英格兰民歌 *Drink to me with thine eyes*，半个世纪前王光祈译作《饮我以君目》，"虽则用的是文言，但情意绵绵，活跃于纸上，时人译为'你用秋波向我敬酒'，白则白矣（好懂得多），但听了总觉得缺少一点什么"。

　　"可知语言有它的奥秘（mysteries），有点神乎其神的味道。"这是陈原先生的点睛之笔。

说到 eyes，想起苏秀女士回忆的一段往事。1984 年她为译制片《李尔王》整理口型本。格洛斯特伯爵被挖去双眼后，在旷野里遇到了儿子埃德加。埃德加看见父亲眼睛上缠着血迹斑斑的布带，惊呼道："Oh, my sweet eyes!"翻译译成："噢，我亲爱的眼睛！"苏秀想来想去觉得不对头。大家一起查看朱生豪先生的译本，上面也是这样译的。她实在放心不下，让翻译"抱来一本厚厚的大词典"细细查阅。结果终于查到了 my eyes 作为感叹语时的释义"天哪！"

朱生豪先生是我极为钦佩的翻译前辈。但正如 Pope 所说，To err is human（人人难免出错），何况当时朱先生手边的词典未必有如今这么完备呢。

李丹先生译《悲惨世界》，可谓"十年磨一剑"。译文中描写滑铁卢战场的夜景：

> 夜色明静。天空无片云。血染沙场并不影响月
> 色的皎洁，正所谓昊天不吊。

其中末一句，原文为"Ce sont là les indifférences du ciel."意思是：由此可见上天的漠然。用"正所谓昊天不吊"译，文采斐然，堪称精彩。

可惜的是，"昊天不吊"语出《诗经》（意谓苍天不怜悯保佑），对今天的读者来说，恐怕太文了些（不好懂了）。

Manifold 是个常用的数学名词，指一类外延很广的抽象空间。从字面上看，它是由 many 加后缀"fold"构成的。前辈数学家姜立夫先生把它译作"流形"，显然是从文天祥《正气歌》里"天地有正气，杂然赋流形"的后半句脱胎而来。它在法文中的对应词是 variété，原义为"多样性"，等等。

"流形"因"杂然"而得"多样"的神韵，又由一个"形"字坐实了空间的本义，堪称绝译。

读精彩的译作，常会感到里面有一种古文修养的底气。这大概正如鲁迅先生在《坟》的后记中所说，因为读过许多旧书，耳濡目染，影响了白话作品，"常不免流露出它的字句，体格来"。

也许，不妨套用黄永玉先生一幅漫画的配词：可见古文还是要一点的。

他山之石——译制片

苏秀老师约我去译制片厂，一起看看当年的电影翻译剧本。能有这么一次学习的机会，我当然很高兴。我们选了陈叙一先生翻译的《孤星血泪》《简·爱》和他编辑的《尼罗河惨案》三部影片，把片库中所有还能找到的资料全都借了出来，关起门来细细翻阅。

《尼罗河惨案》的翻译原稿上，随处可见陈叙一的修改笔迹，改动之多，幅度之大，让我感到有些吃惊。我没想到，这么一部堪称译制片经典的影片，翻译剧本竟然是如此惨淡经营，反复修改打磨出来的。赛蒙和林内特在阿布辛贝庙遗址的那场戏，原片中的台词是：

Simon: My God——they're fantastic.

Linnet: I think they are frightening.

Simon: No, they're not.

Linnet: Do you think he'll sing a note for me?

Simon: Why not. You're devine.

Jackie: Welcome to the Temple of Abu Simbel. The façade is eighty-four feet long. Each of the statues of Rameses the Second is sixty-five feet high.

Linnet: Get away from me. Get away. Get away from me.

Simon: Okay, darling. Don't let her spoil everything.

我们看到的译本是这样的：

赛　蒙：天哪，他们好极了。[陈叙一批语：fantastic。定稿本（即经陈改定、演员现场配音的译本）作：天哪，真少见。]

林内特：他们（定稿本作：它们）怪可怕的。

赛　蒙：不，不可怕。

林内特：他会对我唱个曲子吗？（陈批：a note。定稿本：他会对我发出声音的。）

赛　蒙：当然，你是圣女（你真美）。

杰　基：欢迎你们来到桑比庙（陈批：拼音不对，Abu 不可漏。定稿本：阿布辛贝庙），正

面有八十四英尺长，雷米斯（陈批：the
Second）的各个塑像，第二个像高六十五
英尺（雷米斯二世的每座塑像有六十五英
尺高）。

林内特： 滚远一点，滚开，滚远一点。（滚得远一
点儿！滚开！滚得远一点儿！）

赛　蒙： 好了，亲爱的。别让她给搅和了（扫了我
们的兴）。

Fantastic 是个多义词，在此处有三种释义可供考虑：奇
异怪诞的（quaint or strange in form or appearance）；虚幻的，
只存在于想象中的（based on or existing only in fantasy）；
美好的（wonderful or superb）。译者取了第三义。但从电
影画面上，我们可以看到拉美西斯（当时译作雷米兹或雷米
斯，现从《简明不列颠百科全书》译名）二世的雕像高大而
诡异，赛蒙站在雕像面前，很可能有这么一种感觉，仿佛想
象中的东西突然矗立在了眼前。我猜陈先生正是抓住了这个
感觉。考虑到口型问题，用字不能太多；又考虑到场景刚切
换，用词不宜显得太突兀（"真奇怪""真怪诞"之类的说
法，观众一下子听不明白，可能因此而"出戏"），所以，他

选了"真少见"这样一个既糅合前两个释义又加以淡化的译法。

A note，可以是一个音符（现在很少作一首曲调讲），也可以是一种声音（鸟鸣之类的声响）。"唱个曲子"未免太离奇。原句是问句，陈叙一改成了陈述句："他会对我发出声音的。"我觉得这种语气，跟林内特性格中自信的特点更吻合，而且跟赛蒙的回答（Why not，"当然"）也更贴合。

至于"你是圣女"，光看原文（You're devine）的确很容易"上当"，但看了影片中赛蒙边说边吻林内特的画面，译作"你真美"就显得再自然不过了。Rameses the Second 是雷米斯二世，跟"第二个像"浑身不搭界，这就是基本功的问题了。"滚远一点"译得不错，改成"滚得远一点儿"，可能一则考虑到口型，二则是想让配音演员的情绪有更充分的迸发余地。

"别让她给搅和了"，没什么错，只是观众可能费解："什么东西给搅和了"？改作"别让她扫了我们的兴"，观众的思绪就不会给搅和了。

阿加沙·克里斯蒂小说中最精彩的部分，通常都在末尾。影片——包括译配的影片——也没让我们失望。波洛（毕克配音）的大段台词，层层推进，丝丝入扣，让人凝神屏息，唯恐漏听一个词儿。然而，这些今天几乎已成经典的台词，当初也是"上天入地，紧随不舍"（陈叙一语）改出来的。比如说下面这一段：

Poirot: As a hint, of course, but why hint to us?
She knows who the murderer is, all right.
She can do one of two things. She can tell
us... Or else she can keep quiet and demand
money from the person concerned later. But
she does neither of these two things. She
uses the conditional tense if you please...
"If I had been". This can mean only one
thing, she is hinting all right, yes, but she's
hinting... to the murderer. In other words
he was present at the time.

Race: But apart from you and me only one other
person was present.

Poirot: Precisely... Simon Doyle.

Simon: What?

Poirot: Oh, yes, you were under the constant

supervision of Dr. Bessner. She had to speak

then... she might not have another chance.

Simon: Don't be so bloody ridiculous.

Poirot: Bloody... oh, I don't think I'm being

ridiculous. I remember very clearly your

answer, "I will look after you. No one is

accusing you of anything." This is exactly

the assurance that she wanted, and which

she got.

译本是这样的：

波洛：当然是暗示，干吗暗示我们？（定稿本：可干

吗要暗示我们？）她确实知道凶手是谁，她

有两种做法（她知道凶手是谁，她可以有两

种做法），可以报告（告诉）我们，也可以不

露声色，以后找（再去找）那个有关的人要

钱。可她（这）两种做法都不做（她都没采

用）。她用了试探的语气（陈批：conditional

tense，外语学院都教过的。定稿本：虚拟

的说法）：要是（假如）我在……这只能说

明一件事，她的确在暗示，是的，可她的暗
示……是对凶手，也就是说凶手那会儿在场
（这只能说明她的确是在暗示，可她是在暗
示凶手，换句话说凶手当时也在场）。

瑞斯上校：可撇开（除去）你跟我，另外只有一个
人在场。

波洛：明确地说（一点儿不错），是赛蒙·道尔。

赛蒙：什么？

波洛：是的，你当时一直受到贝斯纳大夫的监护，
她必须说话，又没别的机会（当时大夫一直
在你身边，露伊丝不得不说，可又没有别的
机会）。

赛蒙：别过分荒唐了（哦，简直太荒唐了）。

波洛：过分（荒唐）？我不认为我荒唐，你的回答
我记得很清楚：我会照顾你，谁也不会控告
你的（并没有人怀疑你，我会照顾你什么
的）。这正是她所（这也正是她）想要得到
的保证（许诺），她得到了。

这段的改动，有两种情况。

一种是纠正理解上的错误。例如把"试探的语气"改为"虚拟的说法",把"她必须说话"改为"露伊丝不得不说"。

另一种则是把台词改得更凝练,或者说更有张力(可供配音演员发挥的内在的力度)。例如把"要是"改为"假如",把"也就是说凶手那会儿在场"改为"换句话说凶手当时也在场",把"这正是她所想要得到的保证"改为"这也正是她想要得到的许诺"。

后一种改动的效果,看来确实已由毕克令人叫绝的配音实现了。

至于影片末尾那句堪称神来之笔的"悠着点儿",同样也是改出来的:

Poirot: Oh mes petits. A word of advice, as they say in America "take it easy".

波洛: 哦,我的宝贝。临别赠言,照美国人说法 "慢慢来"。(初校稿将"慢慢来"改为"别心急"。定稿本将全句改为:亲爱的,有句忠告,像美国人常常说的,"悠着点儿"。)

《孤星血泪》有两部不同的译制片，一部是 1956 年的黑白片，另一部是 1975 年的彩色片。我们这次在厂里看到的黑白片版译稿，是陈叙一先生的手稿，潇洒的钢笔字，好像是写得很快，一口气往下写的。干净的卷面，流畅的文字，让人不由得会怀想陈叙一先生当年的风采——我无端的有这么一个印象：他在翻译这部影片时，心头很宁静。

我对苏秀老师说了这想法，她沉吟良久，说："这也印证了我对他的感觉。他是把他的情，他的爱，都投入了他的工作。他工作的时候可以不受任何干扰。"

可能是有了先入为主印象的缘故，对比两个不同版本的译稿时，觉得有些地方似乎 1975 年译的反而不如 1956 年译的。

匹普第一次去沙堤斯老宅，埃斯黛拉把他领到哈维沙姆小姐房门跟前说："进去吧。"匹普迟疑地说："你先请。"接下来，彩色片版的原文是：

Estella: Don't be so ridiculous. I'm not going in.

译作"你别发傻了，我才不呢"是不错的。不过，黑白片版译作"别傻了，我可不进去"，似乎更接近那位高傲的简·西蒙丝的语气。

可惜的是，手边没有黑白片版的原文，无从印证这个同样有点近乎臆想的感觉。（也许原文就有所不同，因而口型也不一样？）

　　类似的例子，是舞会上的那场戏。

Estella: Do you want me to deceive and entrap you?

Pip:　　Do you deceive and entrap him?

Estella: Yes. And others. All of them but you.

黑白片版译作：

　　埃斯黛拉：你要我逗你、要你吗？

　　四　　普：你是逗他、要他吗？

　　埃斯黛拉：对，不但是他，所有的人除了你。

彩色片译作：

　　埃：你是要我骗你、捉弄你吗？

　　四：你是骗他、捉弄他？

　　埃：是的，还包括所有男人，除了你。

　　这一段，我也还是偏爱早先的译法。后来的译法，似乎有点拘泥，放不开了。To deceive and entrap you，译成"骗你，捉弄你"在字面上可能更近于词典上的释义，但总给人一种过于拘泥的感觉。埃斯黛拉这么一个受过贵族式教育的小姐，是用波俏的口吻对一个她从内心里不愿伤害的童年伙伴说这话的，"逗你、耍你"，在我看来更逼肖这种口吻。

陈叙一先生给自己悬定的目标是："剧本翻译要'有味'"。也许，不妨说早先的译法离这目标更近一些？也许，由于黑白片是大卫·里恩执导的名片，跟后来的彩色片相比起来更"有味"，陈先生对它的感觉跟对彩色片的感觉本身就不一样，因而这种感觉上的差异，在两次翻译中不经意地流露了出来？

一部翻译作品，要是能把原文的意思准确地传达出来，那就是好译品；而要是准确到了精准的程度，传达到了传神的地步，那就是精品了——这是我在翻看陈叙一先生译稿，尤其是在翻看《简·爱》译稿时萦绕脑际的一个感想。

一些看似平常的台词，经陈叙一之手翻译出来，就成了邱岳峰和他的同伴们的用武之地。栩栩如生的罗切斯特和简，就此穿越时空，在我们这些当年观众的心中留下了难以磨灭的印象：

Well! Go to the piano. Play… something.

好吧！钢琴在那儿，弹吧，随便什么。

（手边有清华大学出版社 1996 年出版的一个英汉对照本。这个本子译作：哦，去，钢琴在那儿，随便弹点什么。）

Hm! By God, you have a point! Well then, have I no right to hector you? I'm in a hectoring mood.

哼，真是直言不讳。我有权利欺压你，我正想欺压人。

（另本：呃，天啦，的确有道理！不过，难道这样我就没权欺压你吗？我正想着欺压、欺压人。）

Jane: Was it Grace Poole, sir?

Rochester: Yes, I think so.

简：是格雷斯·普尔干的？

罗切斯特：恐怕是的。

（另本：是格雷斯·普尔吗，先生？——我想是她。）

Oh! Only that life's an idiot.

噢，表示生活是无味的的。

（另本：哦，就是说人生茫茫然。）

这些台词的妙处，恰恰是"只可言传"的。只有听着邱岳峰用那么一种让人听了就不会忘记的语气说出"弹吧，随便什么"的时候，我们才能体会到它跟"随便弹点什么"之间微妙的差别。这里不存在对与错的问题，这种差别的确是很微妙的，但奇怪的是，有时候两个译法就差那么一点点，给人的感觉却很不一样。

"恐怕是的"也是这样。从字面上看，它并不如"我想是她"来得靠近原文。但当我们一遍又一遍重看这部影片时，我们自会觉得"恐怕是的"更符合我们对罗切斯特，甚至对整部影片的感觉。

陈先生向来主张"忠实原片"，强调"紧随不舍"和"亦步亦趋"，但我觉得，他始终是把感觉放在第一位的。难道"表示生活是无味的"不也是这样吗？life is an idiot，字面上很容易看懂，生活是"极愚蠢的"，"白痴似的"。但罗切斯特要说的真是这么个意思吗？当然不是。于是，一句看似简单的台词，就变得并不那么容易翻译了。

遥想当年，陈叙一很可能是一遍又一遍地看着影片的这个片断，设想罗切斯特假如是用中文在说话，他该是怎么说的。他不会说"人生茫茫然"，尽管他在这部影片中用过这个词——"有一次我茫茫然就把她捡来了"。但这里他不会，不，不会用这个词。他会用——"无味"，至少陈叙一这么想，我们也这么想。

陈叙一先生在 1987 年写道："有两件事是天天要下功夫去做的，那就是：一、剧本翻译要'有味'，二、演员配音要'有神'。关键是要下功夫。"他这么说了，也这么做了。

苏秀告诉我，孙渝烽当年听陈叙一说过翻译《简·爱》的"糗事"：因为脑子里老想着一段台词怎么翻译，他洗脚时居然没脱袜子，就把脚伸进了水里。我赶忙问苏秀老师，是哪一段？她说，就是下面这一段呀：

Jane: Why do you confide in me like this? What are you and she to me? Do you think because I am poor and plain I have no feeling? I promise you if God had gifted me with wealth and beauty... I should make it as hard for you to leave me now as it is for me to leave you. But He did not. Yet my spirit can address yours as if both of us had passed through the grave and stood before Him equal.

简： 你为什么要跟我讲这些？她跟你与我无关！你
以为我穷，不好看，就没有感情吗？我也会
的！如果上帝赋予我财富和美貌，我一定要使
你难于离开我，就像现在我难于离开你。上帝
没有这样！我们的精神是同等的，就如同你跟
我经过坟墓将同样地站在上帝面前。

当时陈叙一脑子里到底在想什么？我猜，他是在找感
觉，在寻觅表达这种感觉的词句。

首先，I promise you 也许让他踌躇了？清华的那个译本，
是译作"我向你起誓"的。意思并不能算错，但分寸好像过
了。另外有个译本译作"我敢说"，语气似乎也拿捏得不准。
比较下来，你就会觉得译作"我也会的"的确精彩。这个译
法，保留了 promise 保证、断言的含义，而且语气跟下一句
中的"我一定要"贯通了起来。

其次，那个 now 也许也让他费过神？有个译本把这一
句译作"我一定要使你现在难于离开我，就像我难于离开你
一样"。这样译，我想是不错的，原片中，简觉得罗切斯特
现在并没有难于离开她，所以她用虚拟语气说了"我一定要
使你现在难于离开我"。但是，我还是更喜欢陈叙一先生的

译法——在感觉上更直接引起我们共鸣的，不正是简所说的"现在我难于离开你"吗？从配音效果看，要是说李梓念的这句台词打动了每个观众的心，恐怕是不为过的。

最后，我琢磨，陈先生把穿着袜子的脚伸将下去的那一刻，说不定正在斟酌 my spirit can address yours 的译法。有个译本把它译作"我的心灵是配得上你的"，显然少了点味儿。"我们的精神是同等的"，这种浅白而又隽永厚实的文字，是要非常投入地去想——甚至忘记自己在做什么地苦思冥想——才想得出来的吧。

《心灵的间歇》及其他

巴黎国家歌剧院曾经上演二幕十六场芭蕾舞剧《普鲁斯特和〈心灵的间歇〉》。其中的《心灵的间歇》，指的就是我们熟悉的长篇小说《追寻逝去的时光》。

这部七卷本小说，前后写了十多年。1913 年 3 月，普鲁斯特在多家出版社相继退稿的情况下，将已完成的两卷书稿交付格拉塞出版社自费出版。两卷的卷名分别是《逝去的时光》和《寻回的时光》，而总的书名就叫《心灵的间歇》(les Intermittences du Coeur，字面的意思是心跳间歇性停顿)。

5 月中旬，普鲁斯特拿到出版社交来的校样后，把书名改成了《追寻逝去的时光》。他在给格拉塞的信中给出了一个解释。当时有个他很讨厌的作家刚出了本小说，书名叫《心律失常》(le Coeur en Désordre)。普鲁斯特认为这个作家意在影射"心灵的间歇"是医学术语。他不屑于与此人为伍，所以决定把书名换掉。

与此同时，两卷的卷名也分别改为《去斯万家那边》和

《盖尔芒特家那边》。有朋友觉得"……家那边"太没有诗意，不适合做书名或卷名。普鲁斯特在回答朋友的信上，列举了《红与黑》和《地粮》（纪德）、《认识东方》（克洛代尔）等书名，说明这些"并没有什么'诗意'"的书名，恰恰都是杰作的书名。他对朋友说："我用这两个卷名，是因为在贡布雷有这么两条路。对我的内心生活而言，这两条路有着特殊的意义。我觉得这样的卷名简朴、实在、不华丽、不抢眼，就像诗意得以从中萌生的劳作本身一样。"

1913年底，第一卷出版。这时普鲁斯特决定把全书分成三卷。第三卷叫《寻回的时光》。此前的半年时间里，普鲁斯特在写给朋友、出版商的信中，多次提到他考虑过其他一些卷名，例如《夏尔·斯万》《夏尔·斯万最初的几幅肖像画》《受伤的白鸽》《永恒的爱慕》《往事断续》《七重天》，以及《茶杯里的花园》《名之纪》《词之纪》《物之纪》，等等。

尔后的将近十年时间中，普鲁斯特惨淡经营，继续构建这座"大教堂"，终于在去世前写完了这部七卷本的巨著。尽管卷名几经更换，总的书名却一直定为《追寻逝去的时光》。法国普学家让－伊夫·塔迪耶先生这样写道："普鲁斯特为什么选了《追寻逝去的时光》（ *A la recherche du temps perdu* ）这个书名，而不是别的什么书名呢，我们不得而知。也许他心里想到的是巴尔扎克的《追寻绝对》(*La Recherche de l'absolu*)？介词 à 一般很少这么用，但用在这个书名中非常合适，整部作品从一开始就有了一种重大启程的动感。"

有一个问题，也许是我们读者更为关心的。那就是，普鲁斯特写这部小说的目的，是否真是回忆过去美好的年华呢？他在给朋友的信中明确地回答说："不，倘若没有理性的信念(croyances intellectuelles)，倘若仅仅是想回忆，想靠回忆重温过去的岁月，我是不会拖着病体费心劳神写作的。我不想抽象地去分析一种思想的演变，我要重现它，让它获得生命。"

他还说："我把自己的思想乃至生命中最好的部分，都倾注在这部小说里了，所以在我心目中，它比我至今做过的所有事情都重要一千倍、一万倍，以前的那些事情跟它相比，简直不值一提。"

然而，杰作的命运常常是坎坷的。

艰难的出版

1912 年下半年，普鲁斯特完成了第一卷《逝去的时光》（后来改名为《去斯万家那边》）和第二卷《寻回的时光》（后来成为第七卷）的初稿。

10 月 26 日，普鲁斯特请斯特劳斯夫人提醒《费加罗报》主编卡尔梅特（第一卷就是题献给他的），他曾答应代向法斯盖尔出版社联系出版事宜。卡尔梅特 26 日当天即与出版社联系，28 日回信给斯特劳斯夫人，说法斯盖尔"欣然承诺"出版此书。于是普鲁斯特送去了打字稿，并对此书的出版充满期望。他在给好友路易·德·罗贝尔的信中写道："我真的觉得一本书就是我们身上掉下的一块肉，它比我们自己更重要，所以我现在为了它，像父亲为了孩子一样四处求人，是再自然不过的。"但是，接下去却杳无音讯。普鲁斯特去找卡尔梅特，对方不接待；去看法斯盖尔，也吃了闭门羹。原来，出版社把稿子交给了作家雅克·诺尔芒审读，此公在审读报告上这么写道："把这部七百一十二页的稿子从头到底看完……简直不知所云。它到底在讲些什么？它要说明什么意思，要把读者带到哪儿去？——我只能说我一无所知，无可奉告！"12月24日，法斯盖尔正式退稿。

11月初，普鲁斯特将《逝去的时光》打字稿的第二稿送交伽利玛，他是新法兰西杂志出版社（由伽利玛和《新法兰西杂志》同仁一起创立的出版社，日后著名的伽利玛出版社的前身）的行政负责人。当时，对出版选题最有发言权的，还是杂志社中的纪德、施伦贝格、昂格莱等人。他们对普鲁斯特有一种先入为主的成见，觉得他只是个经常出入社交场的纨绔子弟。况且，这些作家向来主张少长句、去修饰的文风，普鲁斯特绵延不尽的长句，在他们看来是"缺乏剪裁，文笔荒疏"。12月23日，伽利玛将稿子退还给普鲁斯特。

普鲁斯特随即托罗贝尔把稿子转交奥朗道夫出版社。1913年2月，出版社总编恩布洛给罗贝尔发去退稿信。他在信中写道："我这人可能是不开窍，我实在弄不明白，一位先生写他睡不着，在床上翻过来又翻过去，怎么居然能写上三十页。"普鲁斯特知道此事后，在给朋友的信上激动地说："你把精神生活的体验，把你的思想、你的痛苦都浓缩在了（而不是稀释后加进）这七百页文稿里面，而那个人手里拿着这文稿，却不屑一顾，还说出这种话来！"

最后，他找到了年轻的出版商格拉塞。格拉塞同意先出版第一卷，但要求普鲁斯特承担出版费用。1913年3月，普鲁斯特与格拉塞签订的自费出版合同中写明，作者先期出资1750法郎，以后再支付校样修改等费用。第一批45印张校样改完送交出版社时，普鲁斯特就另行支付了595法郎"校样重排费"。

这样一来，普鲁斯特反倒放开了手脚，他在校样上大刀阔斧进行删改，有时"二十行删得剩下不到一行"。与此同时，从一校样直到五校样，他不断地增补内容。删减得多，增补得更多，所以单单一校样，修改后篇幅就增加了一倍。最后，格拉塞觉得篇幅实在太大，非要普鲁斯特作大幅度的删节不可。出于无奈，普鲁斯特把第三部一分为二，让前一半留在了11月终于问世的第一卷里。那后一半，说来话长，竟要在五年以后，等第二卷出版时，方能见到天日了。

追寻普鲁斯特之旅

刚译完普鲁斯特七卷本小说的第一卷《去斯万家那边》，恰好有机会去法国小住两个多月。在我，这可以说是一次"追寻普鲁斯特之旅"（A la Recherche de Marcel Proust）。

伊利耶—贡布雷

到巴黎的第四天。清晨五点半起床，八点一刻从蒙帕纳斯车站出发，乘火车前往伊利耶—贡布雷。中途到夏特勒后要转车，换乘仅一节车厢的小火车驶往伊利耶。伊利耶（Illiers）是普鲁斯特父亲的家乡，也就是普鲁斯特笔下的贡布雷（Combray）。第一卷《去斯万家那边》的第一部"贡布雷"，让许许多多普鲁斯特的读者熟悉了他所眷恋的这座小城。1971年，法国政府把这座小城改名为伊利耶—贡布雷。从此，小说中的地名和真实的地名紧紧联系在了一起。

火车驶近小城。我情不自禁地站起身来，急切地想看看教堂的尖顶，体验一下普鲁斯特远远望见这座小城的心情：

> 从十法里外的火车上望去，看到的仅是一座教
> 堂，这就是贡布雷，在向远方宣告它的存在，诉说
> 它的风致。

十点稍过，火车停在伊利耶—贡布雷的站台上。这是个不起眼的小车站。从上海乘火车到苏州去的途中，可以看见好些这样不起眼的小车站。车站旁就是我们预订的旅馆：Le Guermantes（盖尔芒特旅馆）。德·盖尔芒特公爵夫人和她的家族，可是普鲁斯特小说中的重要人物哟。看着一个家庭式的旅舍取了这么个气派的名字，觉得又亲切又发噱。

上午去小城的旅游接待处，在那儿领取包括地图在内的免费资料。路过一家点心铺时，我们在橱窗前驻足寻找"小玛德莱娜"蛋糕。想必是我们的好奇形之于色了，一位过路的老人问我们可是在找 petites Madeleines，我们说是啊，怎么没看见呢。他笑吟吟地领着我们步入不大的店铺，一边指着里面柜台上那筐"就像用扇贝壳瓣的凹槽做模子烤出来的"小玛德莱娜，一边掏钱买了几个递给我们。我们感到很意外，但估计要还他钱他可能会不高兴，于是请他一起去喝一杯。不想他回答说恐怕没时间了，他得赶着去买面包，妻子在家等着哩。可说归说，他兀自迈着碎步走在前面，领我

们去参观教堂，兴致勃勃地向我介绍普鲁斯特描写过的圣水盂和墓碑，指着彩绘玻璃上的画像告诉我谁是"坏东西吉尔贝"。他说得很快，很匆忙，每换一个地方总得说一句 deux minutes（就两分钟），可加在一起差不多讲了半个小时。分手前，他动情地对我们说：J'aime Combray（我爱贡布雷）。是啊，伊利耶在老人的心目中，和普鲁斯特笔下的贡布雷已经融为一体了。

下午，我们早早来到"莱奥妮姑妈之家"。当年小普鲁斯特到伊利耶度假时，就住在莱奥妮姑妈家。这幢带花园的宅子，现在成了"马塞尔·普鲁斯特纪念馆"，每天下午接待参观者。莱奥妮姑妈的房间在楼上，里面仿佛还有着普鲁斯特笔下的气息：

> 这些气息就像乡镇上报时的大钟那样闲适，那样一丝不苟，倏忽而又有条不紊，无忧无虑而又高瞻远瞩，有如洗衣女工那般清新，有如早晨那般宁谧，充满虔诚的意味，怡然自得地把整座小城笼罩在一种和平的氛围里。

回到屋前的花园，倍感亲切地看到了那张铁制凉桌，还有——那美妙的门铃：

那些傍晚，我们在屋前的大栗树下，围坐在铁
条凉桌旁边，只听得花园那一头传来了铃声，……
门铃怯生生地响了两下，那声音像鹅卵石般润滑，
依稀闪着金光。

第二天是星期天，小城居民恪守安息日旧俗，超市关
门，店铺打烊，唯有教堂对面的那家餐馆是个例外。这家名
叫 Le Florent（弗洛朗餐厅）的馆子，菜价据说是全城最昂贵
的。这样的价格有两个依托，一是安息日不休息，店门照开
不误，二是菜肴取名于普鲁斯特的小说：马塞尔·普鲁斯特
套餐，阿尔贝蒂娜色拉，德·洛姆亲王夫人鱼排，等等。

沿着马塞尔·普鲁斯特林荫道走下去，就是马塞尔·普
鲁斯特花园和 chemin des Aubépines（英国山楂小路）。英国
山楂，这种我们并不熟悉的植物，在第一部"贡布雷"中是
那么令人向往：

小路上到处都是英国山楂的花香，就像在嗡
嗡作响似的。一溜树篱，宛若一排小教堂，掩映在
大片大片堆簇得有如迎圣体的临时祭坛的山楂花丛
里；花丛下面，阳光在地面上投射出四四方方的光
影，仿佛是穿过玻璃天棚照下来的；山楂花的香

味，显得那么稠腻，就像是成了形，不再往远处飘散似的。

再往前走就是 route de Méséglise（梅泽格利兹大路）。小城的地图告诉我们，这就是有名的"斯万家那边"了。信步走去，却感觉不到小说中那"最美的平原景色"。收割后的田野空荡荡的，远远望见的几户农舍显得那么简陋。好不容易遇到一位戴眼镜的中年人骑着自行车迎面而来，我和他打招呼，他客气地停下车，和我们攀谈。他一眼看出我们是普鲁斯特的崇拜者，"否则你们不会上这儿来"。我们问起英国山楂，他说路旁的树丛就是，但这种小树在夏天开花，秋天是看不到那些白色、粉红色花朵的。说到"斯万家那边"，也就是梅泽格利兹那边，他笑了起来："普鲁斯特笔下的景色，总要比我们看到的景色来得美。"我心想，这位普鲁斯特家乡的中年人，用朴素的语言说出了一个很重要的道理。这个道理，普鲁斯特在小说中是这么说的：

> 我依然在寻路，我转过了一条街……可是……那是在我心中的街哟……

教堂的钟楼，何尝不是普鲁斯特心中的钟楼呢？在欧洲，几乎每个小镇都有一座教堂。在一个外人眼里，这座圣伊莱尔教堂的钟楼也许和其他千千万万座钟楼并没有多大的区别。然而它在普鲁斯特心中自有一种无与伦比的美：

> 我隐隐约约觉得外婆在贡布雷的钟楼上找到了对她而言在这世上最可珍贵的东西，那就是自然的风致和卓异的气度。……她的整个身心都跟尖顶的取势融为一体，目光也仿佛随它向天而去；与此同时，她朝向塔身陈旧剥蚀的石块亲切地笑着，此刻仅有塔尖沐浴在夕阳的余晖中，而一旦整个塔身进入这抹夕照的范围，就会敷上一层柔美的色调，仿佛骤然间升得又高又远，好似一支用假声升高八度演唱的歌。

毕竟一个世纪过去了，如今的伊利耶—贡布雷有好些地方已不复是小说中20世纪初贡布雷的旧貌。当年的圣灵街，如今叫普鲁斯特大夫街，以纪念马塞尔的父亲普鲁斯特大夫；古色古香的鸟儿街改称加洛潘大夫街（加洛潘大夫也是当年小城的一位医生）；车站大街则成了克莱芒梭大街——盖尔芒特旅馆就在这条街上。

但是当我在旅馆的房间里把一袋椴花茶放进杯子的时

候，我的思绪仿佛又回到旧时的贡布雷，眼前浮现出了莱奥妮姑妈杯里无比美妙的药茶：

> 干枯的茶梗弯弯曲曲地组成一幅构图匪夷所思的立体图案，在虬曲盘绕的网络中间，绽开着一朵朵色泽幽淡的小花，仿佛是由哪位画家精心安排，有意点缀上去的。……那片月光也似的柔和的粉红光泽，在干茎枯梗之林中，把小朵金色玫瑰般的挂在林梢的花儿衬托得格外分明。

奥赛博物馆

巴黎大大小小有一百多个对公众开放的博物馆、纪念馆。其中，由火车站改建的奥赛博物馆有其特殊的吸引力。

普鲁斯特那幅最有名的肖像就陈列在这儿。画家雅克-埃米尔·勃朗施是普鲁斯特在奥特伊时的邻居。油画上二十一岁的"小马塞尔"看上去像个纨绔子弟，瓜子脸，留着两撇细细的唇髭，胸前插一朵兰花。我想，这也就是奥黛特胸口那有名的卡特利兰（catleya）吧：

> 有一段时间里，斯万一成不变地沿袭第一次的

次序，最先总是用手指和嘴唇触摸奥黛特的胸口，而且每次都是由此开始抚爱和拥抱；直到很久以后，摆弄（或者说，成了惯例的借口摆弄）卡特利兰此调早已不弹，理一下卡特利兰的隐语却俨然还是他们俩常用的一个简捷的说法。

和这幅画放在一起的，是小说中夏尔吕男爵的原型孟德斯鸠伯爵的一幅油画和一尊雕像。油画出自意大利画家乔伐尼·伯尔迪尼的手笔，雕像作者则是俄罗斯王室成员保尔·特鲁贝茨柯依。

普鲁斯特十七岁时，同学雅克·比才把他引进了斯特劳斯夫人（Mme Emile Straus）的沙龙。沙龙女主人斯特劳斯夫人的第一个丈夫是作曲家乔治·比才，丈夫去世后改嫁律师埃米尔·斯特劳斯。这位贵妇人为年轻的普鲁斯特打开了贵族沙龙之门，盖尔芒特家那边的小说形象可以说是在这儿开始孕育的。在埃利·德洛内画的《比才夫人像》跟前，我驻足良久。

大作家阿纳托尔·法朗士，年轻的普鲁斯特也是在沙龙中认识的。他成了日后小说中作家贝戈特的原型。

印象派一直是我的所爱，当年网球场博物馆（musée du

jeu de paume）中马奈、莫奈、雷诺瓦和瑟拉（Seurat）的画作曾让我感到那么温暖和亲切。如今，印象派画作悉数从那儿移到奥赛，成了奥赛博物馆的展品。这回，我急于想看莫奈笔下的那个小男孩。对，就是它，《寓所一隅》。寓所外高大的盆栽沐浴着阳光，屋里却很暗，一个小男孩站在打开的房门里向外望着，显得那么孤独。你会感到，这个小男孩就是《去斯万家那边》中害怕孤独、上床前没有妈妈的吻无法入睡的小马塞尔。

还是莫奈，他笔下的睡莲让人马上联想起普鲁斯特那段优美的描写：

> 稍远些的水面上，片片睡莲簇拥在一起，犹如一座浮动的花坛，仿佛花园里那些蝴蝶花搬到了这儿，蝴蝶那般把蓝得透亮的翅膀停歇在这座水上花坛的斜面上……傍晚当它宛若某个遥远的海港，披着夕阳那玫瑰色的、梦幻般的霞光，不停地改变着色彩，以便始终跟色泽比较固定的花冠周围的那种在时光里隐匿得更深的、更奥妙的东西——那种存在于无限之中的东西——显得很和谐的时候，开在这片水面上的睡莲，就像是绽放在天际的花朵。

在奥赛见到克利姆特（Gustav Klimt）的那幅《树下的玫瑰》，感到一阵意外的欣喜。这位维也纳色彩大师画布上的玫瑰，美得如同普鲁斯特笔下可爱的花儿：

> 在许许多多裹着锯齿形纸片的花盆里闪耀着柔嫩铃蕾的小株玫瑰，挂满了成百上千色泽更淡雅的小蓓蕾，将绽未绽。

伽利玛出版社

在我心目中，伽利玛出版社这个名字，依稀闪烁着金色的光芒。到巴黎的第一个星期，我就去弗纳克连锁书店（FNAC）买了收入"七星文库"的普鲁斯特文集，其中除了《追寻逝去的时光》，还包括他早期写的全部作品。厚厚的六本，很贵，但我并不犹豫，因为这是伽利玛出版社的版本。我的心情，就像一个小孩终于得到了心心念念想着的礼物。

所以，走进伽利玛的一间办公室和塔迪耶先生晤谈时，我充满着期待。七星文库版本的《追寻》，就是在他的指导下编纂出版的，每本书的扉页上都写着"Edition publiée sous la direction de Jean-Yves Tadié（在让-伊夫·塔迪耶指导下出版）"的字样。我着手翻译普鲁斯特的七卷本小说以来，

单单为个书名，就翻来覆去地考虑过，若有所失地踟蹰过，
"出尔反尔"地改动过。和塔迪耶先生的交谈，前半部分是
他问我答，后半部分是我问他答，彼此都没有套话，双方都
直奔主题。长年累月积聚起来的问题，能够在一席谈话中得
到如此明确、具体而有说服力的答案，真是令人兴奋：*A la
recherche du temps perdu* 这个书名究竟有没有文采，有没
有诗意？英译本先后用过 *Remembrance of Things Past* 和 *In
Search of Lost Time* 两个译名，相对来说其中哪一个更好些？
法文中的 perdu 一词兼有英文中 lost 和 past 的含义，如果必
须在这两个词中间选一个的话，应该选哪一个？小说第一卷
Du côté de chez Swann 中的 du，究竟是"在"还是"去"？
第二卷 *À l'ombre des jeunes filles en fleurs* 中 à l'ombre des
的含义应取本义"在……荫蔽下""在……荫翳下"，还是
取引申义"在……庇护下"，抑或取"在……影响下"或
"在……近旁"之义？等等。塔迪耶先生有问必答，干脆利
落。这样的一家之言，在我是极为可贵的。

我们约定以后互通电子邮件。我在巴黎期间和回上海后都
给他发过电子邮件，他很快作复，回答了我新萌生的问题。

我玩味着他在厚厚两本《马塞尔·普鲁斯特》传记扉
页上的题词："给怀着英雄气概（héroïquement）翻译马塞

尔·普鲁斯特的周克希先生",不由得感慨系之。"英雄气概"让我愧疚,除非堂·吉诃德也算英雄,要不然这英雄二字从何谈起呢。但其中的勖勉之意,还是令我感动。

奥斯曼大街、香榭丽舍花园

普鲁斯特一生中大部分时间都住在巴黎,其中从三十五岁到四十八岁这段很重要的时期,住在奥斯曼大街102号。

那是一条繁华的街道,离普鲁斯特当年住所不远的40号,就是大名鼎鼎的拉法耶特商场(Galeries Lafayette,众多去巴黎的同胞更熟悉Lafayette的谐音俗称"老佛爷",那可真是个有些荒诞色彩的俗称)。更近些是54号的巴黎春天(Printemps Haussmann)。

我怀着瞻仰圣地的心情,沿着喧闹的街市往102号而去。到得门前,不由得愣了一下。只见气派的大门正中,挂着Banque SNVB(SNVB银行)的牌子。我至今也没弄明白,这个SNVB到底是什么银行。当时只觉得心里一阵沮丧。好不容易打起精神再细细打量这座大楼,才发现右边墙上有一块不大的木牌,上面写着:普鲁斯特(1871—1922)于1907—1919年间在这座大楼里居住。

底楼果然是银行大厅。但在进门处放着一张不大的桌子，桌后端坐着一位望之俨然的女士。她漠无表情地回答了我的提问，给什么人打了个电话，然后示意我坐在旁边的沙发上。等了好一会儿不见动静，我过去提醒她，她又打了个电话，冷冷地对我说："可以上去了，三楼。"在巴黎见惯了笑容可掬的女士小姐，面对这位正颜厉色的女职员，我心里响起一个凛然的声音：银行！

三楼的一隅，保留着普鲁斯特当年住过的几个房间。仅仅是几个，也就是另外有些房间被银行改作他用了，这是普鲁斯特故居管理员告诉我的。这位管理员态度亲切地给我一本小册子，陪我看了普鲁斯特宽敞的起居室和当年的餐厅（如今改为前厅）。两个客厅（Grand salon 和 Petit salon）门紧闭着，据她说"里面正在开会"。剩下的另一个房间，如今是她的办公室，也谢绝参观。

我问她喜欢普鲁斯特吗？回答是意料之中的：喜欢。又问，对普鲁斯特的小说想必很熟悉吧。回答却出乎意外：几乎没看过。我忍不住冒昧地动问原因。回答是：太难了，一个长句看到后面，已经忘记前面讲些什么。结束坦率的对话后，我告辞离开。

那本薄薄的小册子里，在起居室的照片旁边有一句令人肃然起敬的话：马塞尔·普鲁斯特在这个房间里写出了《追寻逝去的时光》的大部分内容。而从其他的资料上，我知道了当年正是由于银行的迁入，普鲁斯特才愤然离开此地，搬往巴黎西区的洛朗·皮夏街。

普鲁斯特的童年、少年和青年时代都在玛勒泽布大街9号的寓所度过。这条大街位于有名的玛德莱娜大教堂边上，再往前就是香榭丽舍林荫大道，沿着大道走过去，在快到协和广场的地方有一座小小的公园，那就是香榭丽舍公园，普鲁斯特小说中小马塞尔和女伴吉尔贝特童年时代的乐园。

如今公园里有一条以普鲁斯特命名的路：Allée Marcel Proust（马塞尔·普鲁斯特小径）。说是小径，其实是条很宽的大路。坐在路旁的长凳上，没准你会感到吉尔贝特的倩影依稀就在眼前：

> 吉尔贝特飞快地朝我奔了过来，方顶的皮软帽下面，红扑扑的脸蛋放着光，因为冷，因为来晚了，因为盼着玩儿而非常兴奋；在离我还有一段路的地方，她纵身在冰上滑了起来，而且，也不知她是为了保持平衡，还是觉着那样更优美动人，或是在模仿哪一位滑冰好手的姿势，总之她是张大了双臂，笑吟吟地往前飞，仿佛是想来拥抱我似的。

布洛涅树林

占地相当于整个巴黎市十二分之一的布洛涅树林（Bois de Boulogne）位于巴黎西郊。从市区西端的王太子妃城门（Porte Dauphine）出城，扑入眼帘的就是这片郁郁葱葱的树林。而树林深处树木参天、浓荫匝地的景象，使人觉得这是一座城市中的森林。

第一卷《去斯万家那边》的尾声，以布洛涅树林的景色为背景，普鲁斯特用抒情的笔调描写了树林美妙的风景以及风景中的人儿，而后不胜感慨地写道：

> 我们一度熟悉的那些地方，都是我们为方便起见，在广袤的空间中标出的一些位置。它们只不过是我们有关当年生活的无数相邻印象中的一个薄片；对某个场景的回忆，无非是对某个时刻的惋惜罢了；而那些房舍、大路、林荫道，亦如往日的岁月那般转瞬即逝。

至此整个第一卷戛然而止。

我们循着小说提供的线索，寻觅当年普鲁斯特的踪影。内湖，天鹅岛，加特朗草地，赛马场，动物园，玛格丽特王后小道，隆尚（Longchamps）小道……身临其境，我才体会到，原来大自然果真和普鲁斯特笔下的描写一样美。可惜当年那些优雅的女性已不复可见，但动物园门口那几个天真可爱的孩子让我感到，上天赋予人类的美是不会枯竭、不会泯灭的，纵使它变换着形态。

鹿特丹、阿姆斯特丹

　　说出来您一定会笑话我，这位拦住您不让您来看我的画家（她是想说弗美尔），我可从来都没听说过；他还活着吗？在巴黎能看到他的作品吗？

　　这是"斯万的爱情"中奥黛特对斯万说的话。的确，在普鲁斯特生活的年代，弗美尔（Vermeer）这位17世纪的荷兰画家很少为人所知。

　　1902年，普鲁斯特去荷兰旅游时发现了这位画家。他在给朋友的信上写道："在海牙博物馆看见《代尔夫特景色》的那一刻，我感到自己见到了世界上最美的油画。"他对画中那一小块黄色墙壁赞叹不已，并把这种赞叹移植到了小说人物贝戈特身上，弗美尔对这一小方墙壁的美妙处理，使作家贝戈特感悟到了艺术创作的真谛。

来到阿姆斯特丹国立博物馆,迎面竖着高逾三层楼的大幅展牌,画面正是弗美尔的《挤奶女工》。博物馆的展品中,还有这位擅长用色彩表现空间感和光影效果的画家的其他作品:《情书》《帮厨女佣》《小街》,等等。稍感遗憾的是,展馆里观众络绎不绝,趁人来人往的空隙给画幅拍照,时间上显得很仓促。但联想到欧洲人艺术修养从整体上说比较高,客观上正得益于这种充满艺术氛围的大环境,又不由得心生羡慕。

欧洲这块土地上艺术积淀之深,再次让我感到自己的浅薄。在巴黎结识普鲁斯特研究学者蒂埃里·拉热先生以后,才知道荷兰画家凡·东恩(Van Dongen)曾为普鲁斯特的小说画过七十多幅水彩插图。费了好些周折总算看到了凡·东恩的插图。不想一见之下,心头霎时间涌起一股暖流,那种奇妙的感觉,也许就是所谓惊艳的感觉吧。凡·东恩是与马蒂斯齐名的野兽派画家,在看到他的画作以前,我怎么也不会将普鲁斯特的小说跟野兽派色彩艳丽、对比强烈的画风联系起来。但看到凡·东恩为《追寻》画的插图时,我只觉得眼前一亮,心头充满欣喜。我认定,这就是普鲁斯特。

在凡·东恩的故乡鹿特丹,参观了凡·高纪念馆。我们事先咨询过,知道在这儿,而且只有在这儿能看到凡·东恩的画作。看过一层、二层展厅凡·高的作品,拾级而上来到三楼。一进门，视线顿时被十几米开外的一幅大型油画吸引。那是一幅比真人还大的大半身肖像画。画面上，一个风姿绰约的年轻女子身穿紫裙，戴着白色珍珠项链，大块朱红的背景，加上脸部手部的绿色阴影，让人看了血脉偾张，禁不住想叫一声好。那是凡·东恩1910年为他新婚妻子画的。可惜这一纪念馆有个特别之处，就是参观者不得拍照，哪怕不用闪光灯也不行。

在凡·东恩的家乡，唯有这座纪念馆收藏他的画作，而展出的竟然仅此一幅，这让我大惑不解。回到巴黎才明白，凡·东恩后来长期生活在巴黎，他的画作更多的还在巴黎。

巴黎，你真是座让人看不够的城市。追寻普鲁斯特之旅回到巴黎，也就不会有穷尽了……

诗意从劳作中萌生

——读普鲁斯特的五封书信

1912 年底，普鲁斯特将《追寻逝去的时光》的雏形——《逝去的时光》和《寻回的时光》两卷本——送交出版商法斯凯尔，但被退稿。这时，作家路易·德·罗贝尔建议普鲁斯特与奥朗多夫出版社联系。事情并没成功，但普鲁斯特很看重他与罗贝尔的友谊。次年 6 月，他把在格拉塞出版社排版的校样第一卷寄给罗贝尔，请他提意见——这时，卷名已改为《去斯万家那边》。罗贝尔来信，说不喜欢这个新的卷名。普鲁斯特在回信中说：

> 如果您能帮我想一个书名，我真是太高兴了！不过我想要的是一个简简单单的、毫不抢眼的书名。您知道，总的书名是《追寻逝去的时光》（*A la recherche du temps perdu*）。第一卷（分成两部）的书名倘若叫《夏尔·斯万》，您大概不会

反对吧？不过，如果第一卷不分部，出成500页的一本的话，我不会用这个书名，因为对斯万形象的勾勒在这一卷中并没有最后完成，用这个书名有点名不副实。下面这个书名您喜欢吗：《太阳升起之前》？（我不喜欢。）我已经放弃了以下这些书名：《心灵的间歇》（最初用的书名），《受伤的白鸽》（*les Colombes poignardées*），《往事断续》（*le Passé intermittent*），《永恒的爱慕》（*l'Adoration perpétuelle*），《七重天》（*le Septième Ciel*），《在少女花影下》（*A l'ombre des jeunes filles en fleurs*）。

几天以后，他又去了一封信。里面写道：

我曾想把第一卷取名为《春天》（*Le Printemps*）。可我还是不明白，贡布雷那条在本乡本土很朴实地叫作"斯万家那边"（*le côté de chez Swann*）的路，一旦用作书名，为什么就不能像那些抽象的、辞藻华丽的书名同样有诗意呢？如果您看过第一部，您当然知道，在贡布雷有两条路，即梅泽格利兹－拉维纳兹那边和盖尔芒特家那边，前一条大家都管它叫斯万家那边。对我的内心生活来说，这两条路有着特殊的意义。而且，既然这一卷整个都是以斯万家那边为背景的，我更觉得这个书名简朴、实在、不华丽、不抢眼，就像诗意得以从中萌生的劳作本身一样。……不知您是否喜欢下面的这些名字：第一卷叫《茶杯里的花园》(*Jardins dans une tasse de thé*) 或《名之纪》(*l'Âge des noms*)。第二卷《词之纪》(*l'Âge des mots*)。第三卷《物之纪》(*l'Âge des choses*)。我最喜欢的，还是《夏尔·斯万》，不过，考虑到斯万的形象还没有完全展开，或许不妨改作《夏尔·斯万最初的几幅肖像画》(*Premiers crayons de Charles Swann*)。

普鲁斯特不惮其烦地给罗贝尔解释自己的想法，这并不奇怪。这位体质羸弱的大作家，写起信来常常下笔千言——如果写的是他感兴趣的事，而看信的人又是他乐于倾谈的朋友的话。（否则他也会惜墨如金。跟《尤利西斯》的作者、大名鼎鼎的詹姆斯·乔伊斯相比，普鲁斯特显然是话不投机，在一次晚间聚会上两人见面后，他一反常态地在给朋友的信件中绝口不提那个夜晚。）

令人惊异的是，普鲁斯特居然考虑过这么多书名，而且，有的书名还相当滑稽。信里提到他打算放弃的那个书名"在少女花影下"，后来用作了第二卷的书名——法国学者塔迪埃和作家格勒尼埃，在不同的场合不约而同地用 ridicule（滑稽）来描述自己对这个书名的第一印象。

在普鲁斯特与格拉塞出版社的交往中，记者、作家勒内·布吕姆扮演了经纪人的角色。普鲁斯特在 1913 年 12 月给他的信中写道：

> 我把自己的思想乃至生命中最好的部分，都倾注在这本书里了，所以在我心目中，它比我至今做过的所有事情都重要一千倍、一万倍，以前的那些事情跟它相比，简直不值一提。……
>
> 我把总的书名定为《追寻逝去的时光》。第一卷叫《去斯万家那边》。第二卷和第三卷的书名，在预告上分别为《盖尔芒特家那边》和《寻回的时光》，不过第二卷也可能叫《在少女花影下》或《心灵的间歇》，甚至也可能叫《永恒的爱慕》或《受伤的白鸽》，等等等等。
>
> 这是一本非常现实的书，不过，为了模拟不由自主的回忆，在一定程度上借用了回忆往事的形

式，从而使它有了优雅的形态，有了茎秆作依托。

比如说，书中有一处写到一段我已经忘记，但在吃一块蘸过茶的玛德莱娜蛋糕时突然记起来的往事……

书中还有一个地方写到刚醒来的感觉，这时你会不知自己身在何处，会以为还在两年前的异国。而所有这些，都只是这部书的茎秆，托在茎秆上的那一切，都是现实的，充满激情的，书里的我和您所认识的我很不一样，而且，远不像您所认识的我这么差劲，人家不会再老是说他"优雅"啊，"细腻"啊，而是会感觉到他是活生生的，实实在在的。

《新法兰西杂志》秘书雅克·里维埃是普鲁斯特的知音。《去斯万家那边》出版后，他给普鲁斯特写信，表达了自己的"惊叹和激动"。普鲁斯特在回信上称他为"一位猜到了我的书是有明确信念、有完整结构的作品的读者"。普鲁斯特饱含感情地写道：

不，倘若没有理性的信念，倘若仅仅是想回忆，想靠回忆重温过去的岁月，我是不会拖着病体费心劳神写作的。我不想抽象地去分析一种思想的演变，我要重现它，让它获得生命。为此，我不得不去写好些错的事情，还不能说明我认为那是错的；倘若读者以为我把它们都当成对的了，那当然很遗憾，但我也没办法。

查尔斯·司各特－蒙克里夫是普鲁斯特巨著最早、最著名的英译者。身为诗人的蒙克里夫灵光乍现，从莎士比亚的十四行诗中觅得 Remembrance of Things Past，作为英译本的书名。这个书名还有一个妙处，就是三个首字母 R、T、P，正好对应于法文书名 A la recherche du temps perdu 中的首字母。第一卷的书名，则译为 Swann's Way。1922 年，英译本的新书预告，在普鲁斯特去世前两个月刊出。普鲁斯特对这个书名作何反应呢？他在 9 月 14 日写信给出版商加斯东·伽利玛：

> 英国的朋友——确切地说是读者朋友——写信告诉我，说他们看到了新书预告，书名（我说的只是大概的意思）不是"追寻逝去的时光"，而是"往事的回忆"。这下子，书名全给毁了。更糟糕的是"去斯万家那边"被译成了"斯万的方式"，这简直令人难以置信，我当然无法苟同。

英文中的 way，的确既可作方向、路途讲，又有方式、手段的释义。Swann's Way，在普鲁斯特眼里，成了"斯万的方式"这么个"令人难以置信"的书名。至于他对全书的书名，那个唯美的、精巧的 Remembrance of Things Past，所断然表示的排斥态度，更是值得后来的译者深思的。

在意文学
——谈《〈追寻逝去的时光〉读本》

  普鲁斯特的这部小说《追寻逝去的时光》，有几个特别之处：它特别有名（在西方文学史上的地位，不在莎士比亚之下），体量特别大（七卷，译成中文约 250 万字），句子特别长（三分之一的句子超过 10 行。最长的句子有 394 个法文词、2417 个字母），读者特别想读一读，又特别难以坚持读下去。

  我译了其中第一、二、五卷，体会到它真是一样好东西。但说实话，东西再好，倘若我不是译者，而只是读者，我可能也腾不出那么多时间、打不起那么份精神来一卷一卷往下读。直到有一天看到了法朗士说的"生命太短暂而普鲁斯特太长……"这句话，我才清晰地意识到：把这部小说浓缩成一个体量小得多的读本，并非对原作的冒犯、亵渎。尤其在当下的中国，这样做不仅是可以的，而且几乎是必要的。这个想法，得到了好友卫群、晓冬的鼓励和支持，于是就有了这个读本。

　　当然，怎样浓缩，是个一开始就要考虑的问题。我们的原则是：一、保持轮廓，亦即七卷中每卷都选译一些段落。二、选取我们认为特别精彩的段落，这样一来，选段也就不可避免地带有主观色彩。三、每个大段的文字一字不易，完全保留原书中的面貌，尽可能地让读者领略到原著的文字之美、行文之美。四、字数控制在三十万字左右。

　　我们的希望是：你看上二十分钟，就会被普鲁斯特所打动。

　　文学这个东西，在这个时代"在意"它的人不多了。而普鲁斯特的《追寻》从头到尾就是一部"在意"文学的小说。法国作家 Genette 略带调侃地把整部小说归结为一句话："马塞尔成了作家。"后来又"更准确地"说成："马塞尔终于成了作家。"是的，这部厚厚的小说，写的就是文学，就是时光（时间）如何在艺术中永存这样一个主题。

　　晓冬为今天的见面会取了个挺别致的标题：普鲁斯特的谜面。我想她的意思是说，普鲁斯特在小说前半部分（几乎整个前六卷）中出了一个很大的谜面：文学是什么？而在后半部分（尤其是第七卷）中给出了谜底。

　　普鲁斯特用一卷书（确切地说是整部小说）来阐明的这个谜，我们要用几句话来说清楚，显然是不可能的。但如果一定要试着说一下的话，我想不妨选第七卷中的这段话：

真正的生活，最终被发现并被阐明，因而是唯一完全真实的生活——就是文学。这种生活，从某种意义上说，每时每刻都不仅寓于作家身上，而且同样寓于每个人身上。但是他们看不见它，因为他们缺乏阐明它的意识。因而他们的过去充斥着无数杂七杂八的底片，派不上用场，原因是智力根本无法将它们冲洗显影。

这段话，至少有下面几层意思：

一、文学写的就是真正的生活，或者说完全真实的生活——不仅是自己的生活，而且是别人的生活。普鲁斯特接下去就说："唯有通过艺术，我们才能从自身解脱出来，去了解别人是怎么看这个世界的。"

二、文学的素材，不仅存在于作家身上，也存在于每个人身上。作家的任务，就是发现并阐明这种生活，把杂七杂八的底片"冲洗显影"。普鲁斯特在稍后的地方写道，写出真实生活的"大书"，"一个杰出的作家不是创造（在这个词的通常意义上）出来，而是翻译出来的，因为它们已经存在于我们每个人的心中。作家的职责和使命，就是译者的职责和使命"。在他看来，"我的书为读者提供了他们阅读自己的手段"。

三、智力根本无法将这些底片（以往的生活）冲洗显影。那么，要靠什么才能将它们冲洗显影呢？他在第一卷"玛德莱娜小蛋糕"那个有名的段落中已经提出，只有不由自主的回忆，才能通过当时的感觉与某种记忆之间的偶合（无意识联想），使我们的过去存活于我们现在感受到的事物之中。在第七卷中，他以圣卢小姐为例，说明"生活不停地在人与人、事与事之间编织这些神秘之线，让它们穿梭交叠，愈织愈厚，直到过去生活中的任何一个点和所有其他的点之间，都存在一张密密匝匝的回忆之网"。而圣卢小姐出现在作者眼前，无异于在向他诉说这几个字：逝去的时光。从她那儿辐射出去的道路（网线），在作者心目中是数不胜数的。加入时光这一重要的维度，平面的心理分析就成了空间的心理分析。而一旦在回忆之网中找到了一个个节点，所有往昔的岁月就都融合了起来。

对普鲁斯特来说，写作是他人生最重要的内容。下面这句话在他笔下写出来，自有一种庄重的意味："真正的作品不会诞生于明媚的阳光和闲谈，它们应该是夜色和安静的产物。"（Les vrais livres doivent être les enfants non du grand jour et de la causerie mais de l'obscurité et du silence.）

2016 年 8 月

巴黎，与程抱一叙谈

在巴黎认识陈丰女士后，有一天接到个电话，电话那头说他姓程，叫程抱一，问我是否有时间跟他见面谈谈。我心里高兴，回答说有时间，当然有时间。我们约定在几天后的下午见面。事后我知道，是陈丰给我们牵的线。

一个星期五下午，如约去布瓦索纳德街（rue Boissonade）见程先生。头天晚上程先生又给我来过电话，仔细告诉我街名的拼法是"在 boisson 也就是'饮料'后面加 ade"，最好在 Raspail 地铁站出站，另外还向我说明两点情况，一是那儿并非他的寓所，而是他"写作和休息的地方"，二是他准备了几本书送给我，但手头没有 Le dialogue（《对话》）。他说，这本从两种语言文字的比较谈起的小册子，也许我会感兴趣，他特地和出版社联系过，可惜出版社一时也拿不出，要下星期一才能给他。我觉得他好像在反复考虑怎样才能让我拿到这本书，为此颇费踌躇。

循着布瓦索纳德街来到大楼门口，找对讲机按钮时发现，程先生有两个信箱，一个上面写着他和夫人的姓，另一个仅仅写着 Cheng（程），看上去有普通信箱的两倍那么大。我上到二楼，程先生已在楼梯口等我。

工作室不大，简朴到几乎没有什么装饰，仅在墙上挂了几幅小小的画。在我身边的一幅颇有印象派画风，但凑近一看，又觉得笔墨线条是中国的。程先生的目光跟随着我，先是要我不妨脱下外套（巴黎也许是暑天大热的缘故，10月底已寒意逼人），"尽量让自己放松"，接着就向我介绍这幅画的来历。他语速不快，但正如我在电话里注意到的，他说话不时给人一种边思索、边说话的印象，让你感到舒缓的语调中有着一种内在的张力。他的用词也保留着思索的痕迹，比如让客人"尽量放松"，听上去似乎有些特别。但我当时就感觉到了他的真诚，他是在把自己的思想尽量准确地表达出来。他不需要空泛的寒暄。

这幅画的作者叫司徒立，程先生赞许他"才气是大的"。很多年前司徒先生刚到巴黎时，好些画廊对他刮目相看，以展出他的画作为荣。但司徒先生"走的是一条往最深处去的路"，他不肯走假中西合璧之名随手涂抹以媚俗的"捷径"。时间一久，画商都疏远了他。如今买他画的人还有，但除了一些相与已久的买家外，只能靠 de bouche à oreille（口耳相传）寻觅知音，所以新的买家不多。

随即话题转到了程先生当院士后的感受。法兰西学院的四十位"不朽者"，每星期要开半天会。更使他觉得难以适应的是应酬多、信件多。各种各样的邀请络绎不绝，有的大公司请他参加庆典，声明只要他到场露个脸，无须讲话。工作室则信满为患，原有的信箱实在太小，无法容纳来自各地的一摞摞信。后经邻居一致同意，邮局为他增设了我看见的那个大信箱。来信五花八门，有表示仰慕的，有托办事的，甚至有要钱的。程先生感叹地说："可惜的是，真正朋友的信反而少了。"我想对他说，那是朋友不想打扰他，转念一想，程先生何尝不知道呢。他的感叹，是一个有真性情的长者发自内心的感叹。

他说起，赵无极先生是他的挚友，前不久赵先生又请他为画册写序，但他实在没有时间再写篇新的序了。我接住这个话茬问他对赵先生的绘画作何看法。他说早期是好的，后来一段时期有一种骚扰（我插问："一种苦闷？"他说："也不是苦闷，而是受到一种骚扰，内心有一种骚动。"），晚年追求新的境界，讲究空灵。

说到这儿，程先生的谈锋更健了。我打算做些记录，他看我拿出纸笔，看我用探询的目光望着他，兀自边思索边表达。我知道他是默许了。他提到一个法文词 grâce，借用这个原义"圣宠"的词来表达他对神韵的感悟。他说，中国画的境界可分三个层次：氤氲，气韵，神韵。（身为诗人的程先生笑着对我说："你看，每个层次我都用 yun 的音收尾。"）氤氲，用石涛的说法，是一种阴阳交汇的境界。气韵生动则是有了大节奏，亦即到了与宇宙的节奏合拍的境界。神韵即grâce，则是一种可遇而不可求的境界，对画家而言，这就是神来之笔，就是心有灵犀、豁然开朗的最高境界。空灵如果仅仅是文人骚客茶余酒后信手落笔的"空灵"，那是谈不上神韵的。真正的空灵，是尝尽人间烟火后的空灵，是与天地对话的境界。"《红楼梦》结尾处的空灵，是曹雪芹在尝尽人间酸苦后才达到的境界。"

他知道我正在重译普鲁斯特的七卷小说。尽管他事先在电话里说他对普鲁斯特没有研究，并为此向我表示歉意（我不胜惶恐，马上向他坦白我只看了一小段《天一言》，他笑说："这没关系。"），但他一讲起普鲁斯特，我就感觉到，他其实对普鲁斯特是很熟悉、很喜爱的。他说，普鲁斯特的作品中有许多美妙的境界，但那是在看透人世间的 vanité（虚妄），绕过人世间这个大圈子后重又回到童年时代的境界。对普鲁斯特而言，人生的感受是痛苦，这是他写作的出发点。

为什么他会有这样的感受呢？程先生为自己设问。他的目光凝视着一个地方，专注于回答这个设问的思索，语调徐缓而有力。首先，是因为普鲁斯特从小患有哮喘，病情愈来愈严重。从童年起，人间的 plaisir（欢愉）就不属于他，极其敏感的他始终与真正的生命有一种"隔"。其次，正因为他经常出入于上流社会的沙龙，他看穿了这个社会的 vanité 和 illusion（幻象）。在沙龙里，他只是个 petit Marcel（小马塞尔），只是个没有家累、呼之即来的同伴。何况他是半个犹太人（母亲是犹太人），当时的德雷福斯事件影响波及朝野，普鲁斯特"是维护德雷福斯的少有的勇敢的人"，但在沙龙里他也只能缄口。"你想想，一个三十多岁的敏感的人，一个修养学识远远高于 Guermantes（盖尔芒特家族）的人，却始终被他们看作 petit Marcel，被他们差来遣去，他会有怎么样的感受！"

程先生说自己跟普鲁斯特有不少相似的地方。"我不是说自己可以和普鲁斯特相比，"程先生沉思地说，"而是说我也像他那样敏感，对他和现实生活的'隔'有一种共鸣，对他看透上流社会 vanité 的愤懑有切身的感受。"程先生说起了自己的童年和青少年时代，但往往说着说着就匆匆收住话梢对我略带歉然地一笑："这问题我今天没法展开讲了，陈丰可以对你说得更详细。"我很想告诉他，陈丰没跟我讲过多少他的情况，但还是没说。从他说的几个片断中，我了解到他从小就是个很敏感的孩子，普鲁斯特对母亲的依恋，他是感同身受的。这种依恋和孩子的敏感有关，对这样的孩子来说，母亲象征着最美好的一切。随后年龄稍长，到了九岁或十岁的时候，他经历了一个"心胸开裂的时期"。姑妈从法国带回的卢浮宫裸体雕塑的画片，对他萌动着的感情来说是一种美的冲击。报上刊载的南京大屠杀的照片则使这颗幼小的心灵感到强烈的震撼，看到了至恶的狰狞面目。程先生称自己的心胸"经历了一场悲剧性的开裂，开向至美和至恶"。程先生解释说，美是欢愉，是"欢之泉源"，但由于那是一种可望而不可即的美，因而也必然是悲剧性的。"美是大的向往，恶是大的质问，这是我生命中的两个极端，"程先生说，"我是个inadapté（与现实生活格格不入的人），在人世间始终像普鲁斯特一样是个amateur（游离于外的人）。"

说到这儿，程先生又突然打住话头，对我说："我说得很多了，现在你说说你吧。"我扼要地说了我的改行，我的翻译和写作。我当初改行的经历，勾起了他的一段回忆。他告诉我，他女儿中学毕业时，校方建议让她报考理科重点高校，但程先生看出女儿在优异的数理成绩后面有着倾向文科的心灵，于是力排众议鼓励女儿报考巴黎高师。报考这所最有名的文科高校，要先念两年预备班，然后才能参加淘汰率极高的入学考试。结果她以第一名的成绩被录取了。程先生说："我这么说，无非是想说明选对路是很要紧的。"我谈到自己翻译的小说时，程先生饶有兴致地和我讨论起福楼拜、都德的风格，至于当代作家如马尔罗，如萨勒纳弗，前者他有过交往并有贴切的看法，后者他至今仍保持着友谊。

前一天我刚收到上海译文出版社发来的传真，是《去斯万家那边》的设计版式。我随身带了这份传真和前不久《新民晚报》上刊登的四段译文以及文汇报的采访文章《文学翻译是我第二次人生》。晚报上有责编杨晓晖的名字，也许是方才我谈到《译边草》时讲起她的缘故，程先生对着"杨晓晖"三个字注视有顷，然后感叹地说："有这样的编辑，真是不容易啊。女性的美往往让我们心存感激。"他接着沉思地说，每个人，女性尤其如此，都有美的瞬间，"病人也有病人的美"，而女性的高贵和美，"是上天给予的，使感受到这份高贵和美的人感到心间充满 gratitude（感激）"。他非常诚恳地问我是否能把这些东西留给他，让他可以"慢慢地看"。

不经意间，我们俩都已经坐不住，站起来说话了。他好几次提到"激情"这个词，并把我引为同道："像你我这样的人，激情是永远不会消失的。"他拿出准备好的六本书送给我，并在诗集 *Le long d'un amour*（《沿着爱情之路》）的扉页上题了词："给克希作为巴黎晤面纪念"。这六本用法文写的书中，有《天一言》，还有更新的一部小说《此情可待》。我说，"此情可待"出自李商隐的名句"此情可待成追忆"，而"追忆"正是普鲁斯特小说原先的中译本所用的词。程先生兴致勃勃地接口说，这部小说的中译名来之不易，起初怎么也跳不出法文原名 *L'éternité n'est pas de trop* 的框架，不是"永恒不为多"，就是"永恒不为过"，不像个书名。后来实在山穷水尽了，才柳暗花明想到了李商隐的诗句。他话锋一转，提到刚才在版式样稿上看到的书名《追寻逝去的时光》，认为这个题目确实比《追忆似水年华》好，"'追寻'好，'时光'也好，和法文原名 *A la recherche du temps perdu* 很吻合，'逝去的'意思也不错，但是否可以把'的'字去掉呢？"见我沉吟不语，他仿佛猜透了我在想什么，笑着问我："去掉'的'字会引起误解吗？前面已经有了'追寻'，读者应该不会把'逝去'误读成动词吧。既然如此，为什么一定要战战兢兢不敢越语法的雷池一步呢？你不妨去掉'的'字多念几遍。你会体会到，有了'的'字，节奏就松了。"

这个问题我们也没能展开。门铃响了。他向我解释说，当晚他和夫人得去看一个朋友，这是他夫人来带他一起去朋友家。他夫人是法国人，她进门后，我和她略为寒暄几句，就起身告辞了，因为这时我已经吃惊地发现，我和程先生足足谈了三个小时，中间没有休息，没有停顿，甚至谁都没有喝过一口水。程先生抱歉地对我说，他们要去拜访的那位法国朋友的女儿遇上点麻烦，所以他必须去看看他们，和他们谈谈，如果不是有这个约会的话，他很想留我吃饭再继续聊聊。我当然知道，应该抱歉的其实是我。分手前，程先生再次嘱咐我回上海后把我的书寄给他。

晚上我和陈丰通电话，兴奋地把这次晤谈的经过告诉她。她约我两天后见面，到时她把程先生送她的 *Le dialogue*（《对话》）先给我。

和陈丰见面的那天晚上，程先生来了个很长的电话。对普鲁斯特创作的缘由，他又作了补充。他说，除了上次讲过的两点，还有很重要的一点，就是"爱情生活的不理想"。普鲁斯特青年时代有过异性的意中人，但爱情之花很快就枯萎了。在同性的恋人中，他曾经跟音乐家雷纳尔德·阿讷过从甚密，但阿讷很快有了其他朋友，甚至有了异性的情人，渐渐地和普鲁斯特疏远了。后来普鲁斯特对他的秘书和司机阿戈斯蒂奈里有过很深的感情，但后者还是和他分了手，而且不久以后就死于事故。这对普鲁斯特来说又是一次重大的打击。

更让我感动的是程先生在电话里和我逐字逐句地讨论了我的一段译文。程先生说他把那四段译文都看了，印象很好。接着他就"睡莲"一段中的几个句子提出了具体的修改意见。"仿佛花园里的那些蝴蝶花搬到了这儿，像蝴蝶那样把它们蓝得透亮的翅膀停歇在这座水上花坛透明的斜面上"中，第一个"的"字不妨删去，这样，留下的"的"字就更有分量。"使这些花朵具有一种比本身的色泽更珍奇、更动人的色泽"，同样如此，"本身色泽"就可以了。"无论是下午当它在田田的睡莲下面，有如万花筒似的闪烁着亲切的、静静的、喜气洋洋的光芒，还是傍晚当它犹如某个遥远的海港，披着夕阳那玫瑰色的、梦幻般的霞光"中，"犹如"不妨改为"宛若"或"仿佛"，免得与前面的"有如"过于相近。整段最后那句"……的时候，开在这片水面上的睡莲，总像是绽放在天际的花朵"中，"总"字宜改用"就"字，以求"把意象再往前推一步"，让人"有痛快之感"。

我听到这儿，忍不住对程先生说，和他谈话让我有痛快之感。我觉着他在电话那头静静地笑了笑。

正如程先生所说，遗憾的是我就要回上海了。但我又感到欣慰，我是带着巴黎的美好回忆，带着旧雨新知的友情，带着与程先生这样的智者、长者、创造者对话的痛快之感回上海的。

有的书不会老

　　《小王子》是一本许多大朋友、小朋友都很熟悉的小说。今天在谈这本书之前，我想先用几分钟时间，简单回顾一下这部作品的故事脉络。

　　《小王子》中讲故事的"我"，是个飞行员，六年前飞机出故障，降落在撒哈拉大沙漠上，带的水只够喝一星期了。第二天天蒙蒙亮时，我听见有个声音轻轻地说："对不起……请给我画只绵羊！"

　　我就这样认识了小王子。渐渐地，我知道了他来自另外一个很小的、比一座房子大不了多少的星球。他一头金发，容易脸红，提了问题就不依不饶地要得到答案。更重要的是，他有一颗水晶般纯净的心。

　　他爱上过一朵玫瑰。这朵玫瑰很美，但是骄傲、虚荣，有点"作"。小王子还太年轻，不懂怎样去爱她，有次一生气，就离开了她。

　　他拜访了附近的几个星球，最后来到地球。沙漠中不见人影，只有一条蛇，对他说的话像谜一样。但小王子还是听懂了它的话，并和它约定，一年以后倘若想念自己的星星，就来找它，让它把他送回去。

小王子穿过沙漠、山岩、雪地，来到一座玫瑰盛开的花园，在这儿遇到了懂得很多哲理的狐狸。小王子驯养了狐狸——也就是说，这只狐狸从此以后对他来说是独一无二的。这时他明白了，那朵玫瑰也是他驯养过的，他要对她负责。

他又回到沙漠，遇到了"我"。我一点一点地了解了小王子。几天后，正是小王子降落地球的一周年。他来到当初约定的地点。到时候，只见他脚踝边闪过一道黄光，他随即像一棵树那样，缓缓地倒了下去。

六年了，我还在怀念小王子。看着满天的星星，我就仿佛听见了他像铃铛一样的笑声。

小王子因为不懂怎样去爱，离开他的星球和玫瑰，来到了地球。还是因为爱，他去找毒蛇，让它帮他返回自己的星球。在地球的这一年时间里，他明白了什么道理呢？他明白了爱是理解和包容。他对"我"说："我当时什么也不懂！看她这个人，应该看她做什么，而不是听她说什么。她给了我芳香，给了我光彩。我真不该逃走！我本该猜到她那小小花招背后的一片柔情。花儿总是这么表里不一！可惜当时我太年轻，还不懂怎么去爱她。"

以智者形象出现的狐狸，告诉了小王子什么叫"驯养"。驯养一个人乃至一样东西，就是使这个人或这样东西，从此以后对他来说是独一无二的。狐狸还让小王子明白了，"对你驯养过的东西，你永远负有责任"，"正是你为你的玫瑰花费的时光，才使你的玫瑰变得如此重要"。他还告诉了小王子一个秘密："本质的东西用眼是看不见的，只有用心才能看见。"

显然，这些话不仅仅是写给孩子看的。

儿童文学作品，也许可以分成两类。一类既是写给孩子，同时也是写给成人看的，或者说，是写给葆有童心的大人看的。这类书包括《安徒生童话》、《丛林故事》（吉普林）、《爱丽丝漫游奇境记》（卡罗尔）、《杨柳风》（格雷厄姆），以及《小王子》（圣埃克絮佩里）。另一类书，则是真正写给孩子看的。例如我和朋友合译的《大象巴巴》，就是写给3—6岁的孩子看的。

当然，这两类书中间并没有明确的界线。给孩子看的书，大人说不定也喜欢看。而且这两类书有一个共同的特点，就是用孩子的眼光，从孩子的视角，来看周围的人和事物，看这个世界。这种眼光，这个视角，跟成人的有什么不同呢？这种眼光更澄净，这个视角更真实。知识，阅历，经验，都是可以随着年龄的增长而积累的，唯有童心，要从孩童时代就呵护、珍惜，才能不致泯灭。

我们说一本书是经典，就意味着我们一生中很可能会不止一次地阅读它。经典，不是爵位，不是哪个人封的；经典是在时间的长河中慢慢积淀下来，自然地形成的。《小王子》写于 1942 年，半个多世纪的时间考验着它，成就了它的经典地位。经典的魅力是多方面的，而其中有一点就在于，即使故事淡忘了，仍会有些东西留在你心间。这种留在心间的东西，就是潜移默化的影响，就是熏陶。我们常说要培养孩子高尚的情操。说培养，没错。但我觉得，与其说高尚的情操是教育、培养出来的，毋宁说是熏陶出来的。其中，包括成长环境、周围的人对孩子的熏陶，更包括好书对孩子的熏陶。

1942 年，是个战争的年代。

圣埃克絮佩里是空军飞行员，但在希特勒的军队用六周时间就摧毁了法国军队以后，他无奈地离开了军队，离开了祖国。1940 年的最后一天，他抵达纽约，开始了流亡生活。他在异国他乡写了《空军飞行员》等作品。1942 年，他在心情苦闷、压抑的情况下，写出了最重要的作品《小王子》。

1944 年他回到法国空军部队。7 月 31 日，在这个离巴黎解放不到一个月的日子里，他以 44 岁的"高龄"主动请缨，驾机前去执行侦察任务，从此再也没有返回地面。一个热爱生活、热爱飞行的飞行员，一个永远有着一颗童心的作家，就这样消失在蓝天里，其悲壮和凄美，让人想起《小王子》末尾的小王子："他像一棵树那样，缓缓地倒下。由于是沙地，甚至都没有一点声响。"蓝天之于圣埃克絮佩里，犹如沙地之于小王子。

托尔斯泰读了安徒生的童话后，说："他的内心，真孤独啊！"这句话，用在写《小王子》的圣埃克絮佩里身上，大概也是合适的。他在献词中写道："我把这本书献给一个大人……这个大人生活在法国，正在挨饿受冻。他很需要得到安慰。"其实圣埃克絮佩里自己，何尝不需要得到安慰呢？孤独，寂寞，也许可以说是一种痛苦，但写作的人在需要安慰的同时，也需要孤独寂寞的时刻。正是在这个意义上，里尔克对青年诗人说："你要爱你的寂寞。"

《小王子》的插图，出自作者的手笔。在创作过程中，他画过更多的草图，其中有一些，跟发表出来的很不相同。他画得最多的是小王子。这个形象，一开始是高居云端、长着翅膀的。画着画着，云朵消失了，翅膀也没有了，小天使的模样，渐渐变成了我们熟悉的小王子形象。小王子离开 B612 号小行星以后，是怎样来到地球的呢？——这是大人爱问的问题。但孩子关心的，也许不是这个"合乎逻辑"的问题，他们更关心的，也许是他一路上遇到的那些人那些事，是那朵骄傲的玫瑰，是天上会笑的星星。圣埃克絮佩里后来觉得无须为小王子画上翅膀，我猜想就是这个缘故。他在意的是

充满童真的诗意，而不仅仅是交代故事的情节。另一个改变较大的人物，是国王。最后的老国王的形象，跟小说中的描写是吻合的。原先，插图中出现过"我"（飞行员）的形象，后来取消了。在我看来，这一切，都是为了使整本书（文字和插图作为一个整体）更纯净，更明澈，更有诗意。（图3，图4，图5，图6）

图3

图4

图 5

图 6

有的书，写出来就老了，因为没有人愿意看它。有的书，七八十岁了（《小王子》和我出生在同一年，现在它有七十多岁了）还很年轻，还有许多喜欢它的读者——《小王子》就是这样的一本书。

2015 年 6 月

"大王子"是个败笔

——答客问二

问：您作为原著的一位译者，怎么看待正在上映的动画电影《小王子》？

答：它有让我很感动的部分。比如当中有 20 分钟到半小时左右的段落，是用折纸加定格动画的方法来拍的。用导演的话来说，这是向圣埃克絮佩里致敬的环节，因此非常忠实于原著。里面出现的纸偶，做得非常好，很贴近作者本人在书中插图里所绘的小王子形象，出来的效果也很感人。

可惜这一段在电影中很短。在它的前后都增加了很多内容，特别是后面出现的大王子这一部分，使我感到很突兀——可能我有点保守吧。那些飞机飞过太空的镜头能产生很强的视觉冲击和声音效果，这点我能理解，毕竟导演来自好莱坞，而没有视效和声效就不成其为好莱坞了；但同时让我感到遗憾的是：为什么要把小王子的篇幅省下那么多来给大王子呢？

小王子是个有水晶般纯净的心的小人儿。原著里有一个段落，小王子对"我"说，那个商人"除了算账，他什么事也没做过。他成天说'我有正事要干！我有正事要干！'可是这算不得一个人，他是个蘑菇"。说到这里他非常激动，金黄色的头发在风中摇曳，脸涨得通红。面对这样的小人儿，我们许多大人，包括小说中的那个"我"，都会感到惭愧。但就是这样一个小王子，在电影里慢慢长成了一个麻木的、唯唯诺诺的、被商人所控制的大王子，做一个清洁工，浑浑噩噩地打发日子。最后幸亏那个小女孩驾驶飞机去拯救了他，才让他回复初心，回归自己。

这一部分，破坏了我心目中小王子的美好形象。对于《小王子》这样一部经典作品的改编，为什么不能保持一个开放式的结尾，而一定要通过小女孩的嘴来问"假定小王子没有回到他的玫瑰身边，而是在别的地方会怎么样"，然后真的给出一个答案呢？我也跟朋友讨论过，后面关于大王子的部分究竟是梦境还是真的？有人说可能是梦，从那架红色的飞机出现开始可能就是梦境。但不管是不是梦境，都是导演想讲的事情。导演是个大人，大人就会这么"合乎逻辑"地想要讲一讲小王子后来发生的事。我虽然是学数学出身的，但我更爱童真的诗意，更愿意相信小王子永远有颗纯净的心。他为对他的玫瑰负责，而离开这个地球，回到了那颗会笑的星星。

问：说到开放性结局，我听说有一部法语作品叫《小王子归来》，曾经有出版社想请您翻译，被您婉拒了。

答：是这样。那是好多年前的事了。在我心目中，《小王子》本身就是很完美的一本书，那样的结局本身就很好。完美的东西，自然是完备的，它不需要什么续集。

当年，宫崎骏曾婉拒拍摄《小王子》电影的建议，他说："不，小王子是一颗钻石，太纯净，太完美，我不会去碰它。"我觉得这个话讲得太好了。

问：您是觉得它没有办法被改编成电影吗？还是说可以有更好的改编方式？

答：我不是说它不能被改编。我也知道，如果完全照原著来拍，可能对话会特别多而镜头转换不会很多，体现不出电影的优势。我只是觉得，原著里有很多很精彩的对话，比如狐狸对小王子说："你的头发是金黄色的，所以金黄色的麦子会让我想起你。我会喜爱风儿吹拂麦浪的声音……"比如"只有驯养过的东西，你才会了解它"，这些话在电影里都被省略了，最多只是掠过一些镜头，这实在太可惜了。

我的年轻朋友中，也有看完电影以后感动得热泪盈眶的。看来这部电影在吸引年轻观众这一点上还是成功的，这大概正是主创团队的出发点。我也许是太老了。

问：我注意到，电影《小王子》的海报上有四个字：不要长大。这也被视为导演为该片赋予的主题。片中大段出现的大王子情节，其实也与此相关。但原著要表达的显然不是儿童和成人的对立。对此您怎么看？

答：我希望小王子不要长大，他是我们心中那点珍贵的童心的象征。就让小王子永远是小王子吧。我们没法不长大，但看过《小王子》、热爱小王子的大人，也许会记住"每个大人起先都是孩子"，会努力在纷扰的世界中，珍惜、呵护心中那份尚未泯灭的童心。

问：电影上映之后，中文版的一些用词也在原著粉丝中引发了争议，比如把大家已经习惯了的"驯养"译成"驯服"；还有很著名的那句"本质的东西用眼睛是看不见的，要用心才能看见"，"本质的东西"在电影中变成了"最重要的东西"。对此您怎么看？

答：作为一部经典小说，《小王子》问世以来被译成多种语言，光英语版本就有不少。我估计这部电影参考的就是某一个英语译本。

比如你刚才提到的把"驯养"译成"驯服"。"驯服"和"驯养"显然是有所不同的。法文 apprivoiser 并没有驯服的意思。电影里面说,"驯服"是"建立羁绊",这实在是一个很奇怪的中文表述。法文 créer des liens 是"建立联系"的意思,我译成"建立感情联系"。它是带有褒义的。我的一位做母亲的朋友告诉我:"我觉得我跟女儿就是一种驯养关系。"我同意这个说法。寻找纯真的感情(其中包括亲情、友情、爱情)的过程,就是驯养。驯养可以发生在人与人、人与动物,甚至人与物件之间,联系我们日常生活的经验,这是很容易理解的。但"建立羁绊"就有贬义了。

仍然是关于驯养的段落,狐狸说:"如果你驯养了我,我们就彼此都需要对方了。"电影里说的是"我们就需要彼此"。听起来很别扭,中国人是这么说话的吗?即便是翻成"我们彼此需要",也比"需要彼此"好。

你刚才提到书中那句很重要的话"本质的东西用眼睛是看不见的,要用心才能看见",在电影里变成了"最重要的东西用眼睛是看不见的,要用心才能看见"。我确实看到过某些英语译本里把原文的 l'essentiel 译成"the most important things",这就有出入了,本质的东西和最重要的东西并不是一回事。估计电影参考的就是这个英文版本(有别的英译本译作 anything essential，我觉得更贴近法文原文）。但是我没有看到电影脚本，所以只是猜测而已。

问：您说到"彼此需要对方""需要彼此"和"彼此需要"，这几种译法您当初在翻译的时候也有过比较衡量吗？还是第一时间就想到了"彼此需要对方"这个表达方式？

答：这是十几年前的翻译，我当时应该斟酌过这句话怎么翻译比较好，但肯定没有考虑过"需要彼此"和"彼此需要"这两种表达。有可能，我会在写下"对方"两个字时犹豫过，斟酌过有没有不用"对方"这两个字的其他译法。但"需要彼此"我肯定是不会考虑的。翻译《小王子》，我对自己提出的要求是明白如话。如果一句话、一个词是我们平时不会说的，那我就不会这么写。斟酌再三，我还是觉得"我们彼此都需要对方"更像我们平时所说的话。

问：这个完全是从语感角度出发对吗？

答：对，仅仅是就语言而论，没有任何其他意思。总的来说，宫崎骏没能做的事情，奥斯本做了，这本身已经够了不起了。而这部电影能够在戛纳电影节上让大家都起立鼓掌，它就是成功的。

但是成功的电影未必每个人都要为之鼓掌叫好。

《小王子》九题

在慢书房新店开张的这一天，来和大家一起谈谈《小王子》，感到很高兴，也很荣幸。

有道是，一千个读者心中，有一千个哈姆雷特。我想，每个读者心中也会有自己的小王子。我讲我心目中的《小王子》，目的是和大家交流，就教于在座的真心热爱《小王子》的朋友。为叙述方便起见，分九个小题目来讲。

1. 作者写小王子到过的那些星球，有什么寓意？

我觉得，作者是在写他眼中人性的弱点。

第一颗小行星上住着一个国王。他看似能"统治"一切，是"宇宙的君主"。那些星星，"我一下命令，它们马上就服从"，但其实那些命令都是空话，发生的都是他不说也要发生的事，比如说"命令"太阳在傍晚落山。在有些虚张声势、"浪头"很大的领导身上，我们可以见到国王的影子。

第二颗行星上是个爱虚荣的人。在他眼里，别人都是他的崇拜者。尽管这个星球上只有他一个人，但他要小王子承认他是"这个星球上最英俊、最摩登、最富有、最有学问的人"，他对小王子说："你得帮我这个忙，你只管崇拜我就是了！"在当下的文化界、演艺圈，这样的人似乎并不少见。

第三个是酒鬼。他喝酒是为了忘记他的羞愧，而羞愧正是由于喝酒。这种黑色幽默，让人想起"可怜之人必有可恨之处"那句话。

第四颗行星是个商人的星球。他整天忙忙碌碌，小王子对"我"是这么说他的："他从没闻过花香。他从没望过星星。他从没爱过一个人。除了算账，他什么事也没做过。他成天说个没完：'我有正事要干！我有正事要干！'可是这算不得一个人，他是个蘑菇！"如今，"蘑菇"无所不在，成了"土豪"或者"精英"。

第五颗行星上，有个点灯人，他不停地点亮和熄灭路灯。这个有点傻气的点灯人，却是唯一让小王子有好感，甚至愿意和他交朋友的人。小王子对自己说："国王也好，爱虚荣的人也好，酒鬼也好，商人也好，他们都会瞧不起这个人。可是，就只有他没让我感到可笑。也许，这是因为他关心的是别的事情，而不是自己。"就这样，作者表明了他对自私这个很普遍的人性弱点的厌恶。

第六个人是个地理学家，但他从不离开自己的书房。这当然又是讽刺。

我们看到，圣埃克（圣埃克絮佩里的昵称，他喜欢朋友们这样称呼他）把他对人性弱点的失望、对现实生活的愤懑，用童话故事的形式，写进了书里。

2. 小王子为什么要离开他的星球？他和毒蛇有什么约定？

在 B612 号小行星上，小王子爱上过一朵玫瑰。这朵玫瑰很美，但是骄傲、虚荣，有点"作"。小王子还太年轻，不懂怎样去爱她，有次一生气，就离开了她，离开了他的星球。

他拜访了附近的几个星球后，来到了地球，在沙漠中遇见了那条毒蛇，并和它约定，一年以后倘若想念自己的星星，就来找它，让它把他送回去。

小王子穿过沙漠、山岩、雪地，来到一座玫瑰盛开的花园，在这儿遇到了狐狸，狐狸让他明白了，那朵玫瑰是他驯养过的，他要对她负责。他想念玫瑰，想念自己那颗比一座房子大不了多少的星球。在来到地球整整一年的那一天，他来到当初和蛇约定的地点。他让毒蛇在他脚踝上咬了一口，随即像一棵树那样，缓缓地倒了下去。他把沉重的躯壳留了下来，回到那颗会笑的星星上去了。

3. 狐狸是个什么角色？是恋人吗？

不止一次有人问我，狐狸是小王子的另一个恋人吗？我想这是一个 open question，动画片可以有动画片的解读，每个读者也可以有自己的解读。就我而言，我觉得与其说狐狸是恋人，不如说他是哲人。听过我最喜欢的法国演员钱拉·菲利普和其他演员朗读的《小王子》，其中的狐狸，是由一个声音并不年轻，而嗓音有些特别的男演员配音的，这比较符合我的想象。

狐狸是个智者，是个哲学家。是他，告诉了小王子这个秘密："本质的东西用眼是看不见的，只有用心才能看见。"是他，把"驯养"这个重要的概念告诉了小王子，让小王子明白了"正是我为我的玫瑰花费的时光，才使我的玫瑰变得如此重要"，明白了"对我驯养过的东西，我永远负有责任"。来到地球的这一年中，小王子懂得了爱的真谛。

4. 对我们来说，"驯养"意味着什么？

"驯养"是全书中唯一的哲理性很明显的词汇。借用写诗有"眼"的说法，也许可以说，"驯养"就是全书的"眼"。它的原文是 créer des liens，字面意思是"建立联系"。我考虑再三，译成了"建立感情联系"。我觉得，非如此不足以表达作者所说的"驯养"的真正含义。驯养，或者说建立感情联系，在智者狐狸的口中带有诗意："你要是驯养了我，我们就彼此都需要对方了。你对我来说是世界上独一无二的。我对你来说，也是世界上独一无二的"，"要是你驯养我，我的生活就会变得充满阳光，变得很美妙。金黄色的麦子，会让我想起你，我会喜爱风儿吹拂麦浪的声音"，"你如果想要有朋友，就驯养我吧"。就这样，交朋友，或者说寻找纯真的友谊，被圣埃克赋予了充满诗意的哲理意味。

那么，"驯养"今天对我们还有意义吗？我想，只要母亲还不是成天对孩子说"我有正事要干"，只要朋友间还能悠闲地一起喝个茶，驯养就有意义。只要爱情、亲情、友情还有意义，驯养就有意义。这种意义，充满着诗意，如果你愿意把它说成"法式的浪漫"，那也不错。

5. 小王子一天最多看过几次日落?

在来到地球之前，有很长一段时间，小王子的生活是忧郁的，他"唯一的乐趣就是观赏夕阳沉落的温柔晚景"。他一天中最多看过几次日落呢？有的版本说四十三次，有的版本说四十四次。

法文七星文库版的正文中作"四十四次"，但编者加了一条注释，说明打字稿（相当于初稿）中作"四十三次"。为什么初稿和定稿不同，原因不得而知。有人说是因为"四十四次比较好听"。若是指中文，似乎未必。若是指法文，quarante-quatre 和 quarante-trois，我觉得都好听。

我更关心的是，作者笔下笑声像银铃般可爱的小王子，为什么常会带有几分忧郁呢？

6. 作者是在怎样的环境和心境中写作这部小说的？

小王子的忧郁，是作者心情的投射。圣埃克是个空军飞行员，但在希特勒的军队用六周时间就摧毁了法国军队以后，他无奈地离开了军队，离开了祖国。1940 年的最后一天，他抵达纽约，开始了流亡生活。他在异国他乡写了《空军飞行员》等作品。1942 年到 1943 年，他在心情苦闷、压抑的情况下，写出了最重要的作品《小王子》。那段忧郁的日子里，他在给友人的信上，这样写道："这儿有一颗干涸的心……一颗干涸的心……一颗干涸到再也没法生出泪水的心！"在信纸上，他随手画了孤零零站在小星球上的小王子。从某种意义上说，小王子就是圣埃克本人。他于 1944 年重返法国空军部队后，驾机前去执行侦察任务，就此消失在蓝天中，再也没有返回地面，其悲壮和凄美，让人想起小说末尾的小王子："他像一棵树那样,缓缓地倒下。由于是沙地,甚至都没有一点声响。"

7. 心情压抑的作者,写出温暖人心的作品,这个情况罕见吗?

从文学史上看,这个情况好像并不罕见。普鲁斯特在《追寻逝去的时光》中写道:"真正的作品不会诞生于明媚的阳光和闲谈,它们应该是夜色和安静的产物。"他还说:"人们期待着痛苦以便工作。"这个说法,和我们所说的"痛苦出诗人"何其相似。

托尔斯泰读了安徒生的童话后,说:"他的内心,真孤独啊!"这句话,用在写《小王子》的圣埃克絮佩里身上,大概也是合适的。他在献词中写道:"我把这本书献给一个大人⋯⋯这个大人生活在法国,正在挨饿受冻。他很需要得到安慰。"其实圣埃克絮佩里自己,何尝不需要得到安慰呢?但写作的人在需要安慰的同时,也需要孤独寂寞的时刻。心情压抑的作者,在孤寂中把内心珍藏的温暖投射到作品之中。

8. 作者画的小王子,为什么一开始有翅膀,后来却没有了?

圣埃克絮佩里在创作《小王子》的过程中,随手画过很多草图，其中有一些，后来作为插图和小说一起问世。法国七星文库本在出版圣埃克絮佩里全集时，收入了另一些不曾发表的草图。起初的小王子，在作者的画笔下是高居云端、长着翅膀的。画着画着，云朵消失了，翅膀也没有了。小王子，不再是小天使的形象。他是怎么从 B612 号小行星飞到地球上来的，作者相信这不是他的小读者最关心的问题——这是好莱坞动画片最关心的问题，因为其中有制作音效和视觉冲击效果的巨大空间。孩子们更关心的，也许是他一路上遇到了哪些人哪些事，是那朵骄傲的玫瑰，是天上会笑的星星。圣埃克絮佩里后来觉得无须为小王子画上翅膀，我猜想就是为了使整个作品更纯净，更明澈，更有诗意。

9.《小王子》是童书吗？

《小王子》当然是儿童文学作品，也就是我们说的童书。但我想说的是，它不仅仅是一本童书，它是一本适合任何年龄段的读者阅读的文学作品，是一部真正的经典。

儿童文学作品可以分成两类。一类是真正写给孩子看的。另一类既是写给孩子，同时也是写给成人看的，或者说，是写给葆有童心的大人看的，《小王子》都是这一类的作品。

《小王子》写于 1942 年，但今天我们阅读这本书，仍会感到内容是那么新鲜，人物是那么鲜活，半个多世纪的漫长岁月，并没有在它和我们之间造成任何隔阂，它的文字，包括它的插画，都是历久弥新的。这，就是经典的魅力。

2015 年 10 月

菌子的气味

　　有本数学书，我一直有所偏爱：希尔伯特（David Hilbert）的《直观几何》。这本出自大师之手的小册子，中译本仅薄薄的上下两册，封面很朴素，但插图极精美。那些立体感很强的几何图形，以粗细变化有致的线条，准确地表现出物体在空间的透视关系，给人以审美的欣喜。"拓扑学"一章Möbius带和Klein瓶的示意图，在我心目中就如印象派名画那般令人神往。

　　决定翻译贝尔热（Marcel Berger）的《几何》，也和作者"强调视觉印象、图画和几何的'造型艺术'"有关。这套书并不是一般意义上的通俗读物，它是写给数学系学生看的参考书，五卷的书名分别为：《群的作用，仿射与射影空间》《欧氏空间，三角形，圆及球面》《凸集和多胞形，正多面体，面积和体积》《二次型，二次超曲面与圆锥曲线》《球面、双曲几何与球面几何》。作者贝尔热是我在法国进修期间的导师（俗称 patron，老板），他对"造型艺术"的热爱，激发了我和两位合作者的翻译热情。

我的人生轨道，后来从数学转到了文学翻译。回想起来，根子是少时埋下的。中学时代爱看杂书，爱看电影。至今珍藏的初版《傲慢与偏见》译本，见证了我少年时代对这本书的痴迷。王科一的译本，宛如田野上吹过的一阵清新的风，我觉得译本中俏皮、机智的语言妙不可言，对王科一这位不相识的译者心向往之。

日后我也没有机会认识他。他在"文革"中用惨烈的方式离开了人世。但我永远不会忘记他，我现在做的正是他当年做的事情。我翻译小说，往往诉诸直觉，有朋友半开玩笑地说我是"感觉派"。我认为这是对我的肯定和鼓励：往高里说，我的翻译是和傅雷、王科一这些前辈同调的。

我喜欢归有光的文章，喜欢其中的"笔墨情趣"。《项脊轩志》当年是选入中学语文教材的。老师对这篇看似平淡无奇的散文的激赏，调教了我们的阅读口味。"然余居于此，多可喜，亦多可悲"，"何竟日默默在此，大类女郎也？""吾妻归宁，述诸小妹语曰：'闻姐家有阁子，且何谓阁子也？'"这些寓抒情于叙述之中，冲淡、温润而蕴藉的文字，从此留在了记忆中最柔软的部位。后来又读《寒花葬志》等篇。"目眶冉冉动"之传神，之鲜活，让我赞叹不已。

汪曾祺的散文，我也爱读。他的散文恬淡、潇洒、飘逸，而又处处见真情。他是用心在写文章。用他的话说，"得不断地写，才能扪触到语言"，而"语言艺术有时是可以意会，难于言传的"。我读书一般比较粗率，对汪曾祺的散文，却读得稍稍仔细些。他的小说，我也是当散文在看，注意的是他所说的"用字"和"神气"。像《桥边小说三篇》那样"经过反复沉淀"的作品，真是可以"从容含玩"的。我有时想，对心仪的作家心慕手追，也许正是避免翻译腔的办法？

在一个偶然的场合读到萧华荣的《华丽家族》，心折之余，又读了他的另一本《簪缨世家》。这两本都是"述说历史"的书，副题分别是"两晋南朝陈郡谢氏传奇"和"两晋南朝琅邪王氏传奇"。把历史写得这么有情致，真让人钦慕。"王谢并称，自古而然。一样的源远流长，一样的显赫华贵，一样的冠冕相承，一样的风流相尚"，这是《簪缨世家》的开篇，跳荡空灵的文字，一下子就吸引住了我，而终篇前的"孝感河边，芦花似雪；秦淮水上，月色如烟"，则以对仗、平仄入散文，在我的脑海中留下了那恬淡的意境。

说来惭愧，读数学、教数学时，读书很勤，而且看的大都是杂书，与文学有关。正儿八经从事了文学翻译工作，书反而读得少了，翻译小说更是看得少而又少。曾经影响过我的作家的作品，现在也很少再看。然而（借用汪曾祺先生引用过的句子）：

　　菌子已经没有了，但是菌子的气味留在空气里。

2004 年 8 月

我的承教录

我的大半生，粗略地说，是"三十年数学，三十年翻译"，中间交叠十年。略带夸张地说，我有两次人生：数学的人生和翻译的人生。古人说，人生四憾：幼无名师，长无良友，壮无实事，老无令名。如今已走到人生边上，回顾起来，四憾在所难免。具体到第二次人生即翻译的人生上，有憾亦无憾，无憾多于有憾，欣慰多于遗憾，尤其在前两点上：我有幸既遇到好老师，又结识好朋友，他们指点我，鼓励我，帮助我，使我在既有欢欣更有艰辛的文学翻译之路上一路走了过来，留下了一些浅浅的印痕。

"文革"中，我偶然结识了上外的蓝鸿春先生，每周去她家一次，她无偿教我一小时法文。我的初衷，只是想能读一点法文小说。但她不然，她选用北外的教材，一课一课认认真真地教，让我不好意思不认真学。当时我比较内向，很腼腆，她屡屡对我说："你想要别人帮你做什么，一定要告诉别人，要不人家不知道该帮你什么呀。"这就是老一辈人的风范，他们对你的帮助是无私的，不光你说了的他们要帮你，你没说的，他们也想方设法要帮你。我向蓝先生学了将近两年法语，和她全家都成了朋友，她家在淡水路的小楼，在我心中留下温馨的回忆。如今她老了，据跟她女儿曾是同学的淳子老师告诉我，许多事情蓝先生都已不记得了。但当我和淳子去看她，淳子问她可记得这是谁时，她马上说："周克希，我怎么会不记得！"我把刚出版的《追寻》第一、二卷送她，表示学生对启蒙老师的感激。（在准备这篇讲稿的过程中，看到报上的讣告，才得知蓝先生已于 4 月 24 日去世。一直想再去看望她，却拖宕了下来，这使我感到愧疚。）

上外的岳扬烈先生，是我学习法文道路上另一位终生难忘的名师。岳先生出身外交官家庭，自小在法国读书，他的法文之棒是圈内人公认的。而岳先生和我也许真是投缘，我每当在翻译中遇到百思不得其解的问题时，总会想到去问他，而他，无论问题多么五花八门，甚至提得有多可笑，总是有问必答，从来不曾说过一个不字。举个小例子，《古老的法兰西》中写到小镇上的理发师，说他"漫不经心地用拇指或小匙刮胡子"（Il rase indifféremment au pouce ou à la cuillère）。我在岳先生的点拨下才明白了是怎么回事，最后把这个句子译成："他漫不经心地把拇指或是小匙伸进顾客嘴里，衬着脸颊刮胡子。"小镇理发师的形象，也因此变得饱满起来。

　　前一阵，为将手稿捐赠给上海图书馆的手稿馆，整理了一些旧译稿。看到五百字稿纸上几乎布满页边的铅笔字迹，我回想起刚开始译小说时，郝运先生指点我、帮助我的情景。他要求我尽量贴近原文，要时时想到作者"为什么用这个词，而不是另一个词"。我初次登门拜访之时，他就建议我每天看一点中国作家的作品（而不是翻译作品），后来我逐渐明白，这是为了使自己对文字的感觉始终处于一种敏感的状态，让译文变得鲜活些，离翻译腔远些。郝运先生，是我当翻译学徒期间手把手教我手艺的师傅。

　　再回溯得远些，我想起父母和中学老师对我的影响。父亲从不刻意要我作文、背诗，只是偶尔告诉我，我写的作文乃至后来翻译的东西中，哪个词、哪个句子好或不好，虽说仅是点到为止，却在潜移默化之中，给了我事后想来很重要的影响，那就是对文字的兴趣。母亲是编辑，当年吕叔湘和朱德熙先生合写的《语法修辞讲话》，是他们那一代编辑的必读书。我这个初中生，常在母亲边上跟着她读书、做题（母亲做完了其中的全部练习题）。从吕先生书中汲取的营养，我终生受用。旧稿中有父母为我誊抄的译稿，对我个人而言，它们是我在译途上弥足珍贵的印痕。

中学语文老师蒋文生先生，也是我心目中的名师。我现在还能想起他教《项脊轩志》时的情景。他那带有无锡乡音但饱含感情的朗读，在我是一种文字趣味（口味）的启蒙。受了他的影响，我从此喜欢归有光、张岱、孙犁、汪曾祺这一路以"淡"取胜、寓惨淡经营于不着痕迹之中的文字。

一件大事，必有酝酿的过程，必定是某个因结出的果，而它又往往是由一件小事触发的。社会、国家如此，个人亦如此。从数学改行到文学翻译，于我个人是一件大事。它的因，是少年时代对文学的兴趣、对译者的心仪，每周一次去淡水路，也许就是它（不为我所知）的酝酿过程。而触发它的，回想起来是一句言者无心的话。那是我在华师大数学系工作时，同事张奠宙说的这么一句话："人生要留下些痕迹。"忘了他是在怎样的场合说的，我与张先生同事而已，交情不深，这不会是促膝谈心之类的体己话，很可能只是他随口说的一句话。但它却就此留在了我的脑海中，乃至促使我改变了下半生的人生轨迹。

改行进了译文出版社，有幸和任溶溶先生在同一个办公室里相处了多年。手边的《小王子》译稿上，有他用铅笔写的关于译序的修改意见。有一段他觉得页边不够写，干脆写在另一张空白的 A4 纸上。他平日里和我交谈的"语录"中，有两句我始终没忘记，一句是"做人要外圆内方"，另一句是"怕就怕认真二字"。我琢磨，不仅做人如此，为文亦如此，须外圆（清新可读）内方（浑成有力）。后一句，任先生自己加了"脚注"："老毛说这话是'反其意而用之'，我是'正其意而用之'。"我的体会是，他要我不要过于较真、过于执着，要有平常心。（刚才说到"浑成"，这是前辈同事吴劳先生的惯用词，他把他的翻译经验，浓缩在"浑成""格物"这些简洁的词语中。）

至于"长无良友"，就翻译而言，我似无此憾。《小王子》的初稿上，有两种不同的铅笔字迹：一种写得大而饱满，那是任先生的；另一种如蝇头小楷的娟秀的字迹，则是王安忆的。有一段时间，她不时会向我索要译稿，边看边用铅笔写下批注或修改意见。记得《追寻逝去的时光》（第一卷）和《幽灵的生活》（我当时仅译上半部），她都是利用乘飞机的时间段看完我的手稿的。对《追寻》，她有一些点评，诸如"体积"（一写几行乃至十几行的句子，一写几页乃至十几页的段落）在书中的意义，以及对"冗长"的看法，等等。修改意见，则比看《小王子》时多得多。我印象最深也不止一次提起过的例子，是建议把"这座教堂概括了整个城市，代表了它……"改为"这就是贡布雷……"。结合上下文来看，这样改过的文字的确更为醒豁和生动。

《追寻》第一卷的拙译，凝聚着好些朋友的心血。涂卫群和张文江，正如我在译文版的译序中所说的那样，他们俩"自始至终提灯照明般地批阅译文初稿并提出许多中肯的意见"。(陈村也很仔细地看过初稿，上句中原先写的是"亦步亦趋地"，他建议改用"提灯照明般地"，意思一下子就变得准确而妥帖了。)《追寻》第一、二、五卷的初稿，都逐段逐段由涂卫群对照原文看过，她的意见使我避免了不少失误或脱漏。没有她的无私帮助，拙译不可能有如今的面目。在我译第一卷的过程中，张文江送我的座右铭是"悠悠万事，一卷为大"。我彷徨时，会想起他说的"藏名一时，尚友千古"，我苦恼时，他对我说："为人之道，割爱而已。"我为寻找译文的基调犹豫时，他提出："雄深雅健。"他理解我每译完一卷、面对新的一卷时的心情，在电话里对我引用杨万里的诗句："莫言下岭便无难，赚得行人空喜欢。正入万山圈子里，一山放过一山拦。"第一卷的初稿还给别的一些朋友看过，记得肖复兴、余中先都曾来长信，提出过具体的修改建议。

《追寻》的译事，对我个人而言，是一件很大的事情。我的起点不高，这部书似乎在我够不到的高处。第一个鼓励我跳一下，看看能否够得着的朋友，是赵丽宏。时隔多年，但他对我说的话我始终不曾忘记。他说：我若是你，我这辈子就译这部书。他还主动为我物色联系出版社。当时我还是犹豫了，没敢奋力跳一跳。但这颗种子悄悄地埋进了心田，过了若干年以后终于发了芽。

《译边草》是我写的一本小书，它记录了我"弃数从译"以来的心路历程。它的缘起，和杨晓辉（南妮）分不开。没有她的提议、督促、鼓励和帮助，就不会有陆续在《新民晚报》文学角刊登一年多的那些小文章，也就不会有《译边草》这本小书。代后记的题目"只因为热爱"，也是她为我取的。回顾我们这么多年来的交往，我觉得她是最理解也最谅解我的朋友。

在准备把报上的文章整理成一本小书出版的过程中，与施康强在咸亨酒店小聚，谈到书名，他建议剥用钱锺书先生《写在人生边上》的书名，就叫"写在译文边上"。我觉得这意思好。后来在另一个场合，与萧华荣说起此事，他说：何不就叫"译边草"呢？我一听就喜欢这个书名。草，是小草，也是草稿；译边草，既有点空灵，也有点写实。一路走来的"译之痕"，确实只是一些小草，一些尚有待继续打磨的译品所留下的淡淡痕迹。

几年前一个初秋的中午，结识不久的黄曙辉提议为我出个译文集。事出突然，我既惶恐又高兴。后来此事由华师大出版社接手进行，王焰社长细读了拙译《包法利夫人》和《追寻》第一卷后，决定哪怕亏本也要推出十四种十七本的译文集。好事多磨，译文集的出版花了好几年时间。我在这里想讲的是，黄曙辉在了解我的翻译经历后，说过一句：何不写个承教录呢？我答应写。此事距今已有近两年，我心里还记着这个承诺。今天承蒙长宁区图书馆为我提供机会，让我讲述了走上翻译之路前后，从师友那儿受到的教益和帮助。我想这可以说就是我的"承教录"吧。

当然，这仅是一份不完整的承教录。有些内容，因在拙著《译边草》中已经写了（如王辛笛、汝龙、冯亦代、孙家晋、邵燕祥诸位先生对我的教诲），就不在这儿重复了。另外还有不少给过我教益、在我困惑时鼓励过我的师友。他们有的在海外，如张寅德（当初我拿不定主意是否要译普鲁斯特时，他在电话里对我反复说的那个词，我至今记忆犹新：vocation，使命感。他要我先问问自己的内心，有没有这份使命感。有，就应该无所畏惧地迎上去。他得知我手头已有七星文库本的原书，特地从巴黎买了另一版本的整套《追寻》，送给我当礼物）；有的至今未曾谋面，如李鸿飞（他是驻比利时使馆的武官，曾写长信和我探讨第一卷中的一段文字。我按他的建议作了多处改动）；有的已经离我们而去，如蒋丽萍、李子云（蒋丽萍曾对我说，《追寻》节本是她放在枕边常看的书；李子云老师也鼓励我说，旧译本她每看一句、一段，几乎都会想自己动手，把文字重新整理一番，拙译使她免却此想）。总之，我的"翻译人生"受惠于师长、友人的地方实在太多。我对他们无以为报，他们始终激励我努力把人做得更好些，把事也做得更好些。

2014 年 5 月

生活意味着有你

——答客问三

问：您刚翻译了弗洛克的"生活三部曲"，也就是《生活的样子》《生活的意味》和《美好的生活》。不同的读者能从"生活三部曲"里读出不同的意蕴，受到不同的启发，作为译者，您是如何看待这三本绘本的？

答：要告诉孩子什么是生活，什么是人生，什么是美好的生活，是一件很有意义，而又非常困难的事情。这样的书，不能枯燥，不能说教，不能太深奥，又不能太肤浅，不能过多展现生活的阴暗面，又不能一味给生活涂上玫瑰色。

这样的书的作者，必须是既能深入浅出讲述哲理内容，又能画出幽默耐看的图画的大手笔。让－克劳德·弗洛克就是这样的一位作者。

问：在翻译"生活三部曲"时，最打动您的是哪一句话？为什么？

答：是《生活的意味》中的"对我来说，最重要的就是：生活意味着有你"这句话吧！

如果说《生活的样子》展示的是某一种生活，让孩子看到生活可以是这样的，或者说，有一种生活是这个样子的，那么《生活的意味》涵盖的内容要更复杂一些，它用最简单的笔触描绘人生，告诉小读者人生中可能出现哪些情况、遇到哪些问题。其中有些情况（境遇），例如挨饿、坐牢、打仗、死亡，小读者不仅未曾经历过，甚至可能从未想到过。作者愿意让小读者先有个印象，生活不会一帆风顺，人生道路上难免会遇到坑坑洼洼。

书中的爸爸一开头说"生活意味着许许多多的可能性"，然后列举了好多种可能性，最后才对女儿说出这句话——它因其真实而有力量，因其朴素而打动人心。

问：在翻译"生活三部曲"时，您最大的感受是什么，有什么收获，能和我们分享吗？

答：给孩子讲哲理，讲得他们愿意听、能听懂，这是大本事。作者为我们提供了一个范例。

问：在翻译"生活三部曲"的过程中，您遇到过哪些困难，或者词句上的斟酌？

答：首先，书名的翻译就颇费踌躇。*Où mène la vie* 这个书名不易译，关键在于其中 mène（mener）的理解不易到位。出版社合同上的"暂定名"是《生活带我们去往何方》，这样译未必就错，但显然不是个合适的书名。按这个说法，有一页就得译成"生活带我们去往监狱"，作者不可能是这个意思。仔细看完全书，我意识到两点。一、法文书名的字面意思是"生活就在那些地方（展开）"，它使我想起何其芳的诗句"生活是多么广阔，生活是海洋……"。二、作者说的是可能性，比如说坐牢，那的确也是生活中的一种可能性。作者画了父女在铁窗后面的形象，那是一种幽默的表达——既然是可能性，画面上就都由这对父女"代入"了。

所以，最后我用了"生活的意味"这么个译名。它未必就是最好的译名，但既然想不出更好的，也只能就是它了。

问：您觉得，翻译图像小说（漫画、绘本）同翻译文学有没有差异，能大致一说吗？

答：翻译是个感觉的过程。译者设法把自己感觉到的文字背后的东西，让读者也感觉到，就是文学翻译的"大意"。就这一点而言，翻译绘本和翻译小说是一样的。

但由于体裁不同、受众不同，译者的状态会有所不同。译绘本，文字要更明快，更晓畅，译者在文字上的目标是明白如话，是贴近画面。图和文应该是一个整体。

问：《生活的样子》里有一句"不忘记我们都是凡人"，这一句读来意味深长，直抵人心。作为凡人，我们该如何面对亲人的离去呢？

答：直抵人心，是写作的一种境界。"不忘记我们都是凡人"，看似一句大白话，却能在不同场合，体现不同的人生哲理。当我们看到画面上的小女孩在爸爸和兔子墓前拭泪时，我们能感受到，生老病死是人生中必经的阶段。如何面对死亡（对孩子来说，是亲人的离去），是人人都会遇到的现实问题。

也许，作者不想给小读者心中留下过浓的阴影，所以在下一页，天使模样的爸爸又回来了，女儿的话让我们忍俊不禁："爸爸回来了！在那儿，他跟人家都合不来……"

问：您曾经畅想过您自己的美好生活吗？您觉得，美好的生活是什么样的？

答：书中的爸爸说得好：美好的生活，就是你自己选择的生活。

人老了，年轻时的激情和梦想，渐渐变得遥远了。现在我给自己设定的生活模式是八个字：练字学琴，捎带翻译。书中的爸爸说："美好的生活，就是弹奏肖邦和埃里克·萨蒂的曲子。"肖邦和萨蒂，都是我喜爱的作曲家。他们的曲子难度大，我这辈子恐怕是弹不了了。但我相信，在学琴过程中得到的乐趣，仍然会使生活变得美好。

问：对您来说，最受用的人生哲学是什么呢？

答：倾听内心的声音，选择自己的生活。

问：《生活的样子》里提到，"好书不厌百遍读"，您平时最喜欢读的是什么书呢？能否请您给我们推荐几本您觉得好的书？

答：好书太多，反而不易举例。真正会过一阵就拿出来翻翻的书，大概首推《红楼梦》吧。

2016 年 7 月

忙点啥?

——我的"生活的样子"

　　刚退休那会儿，一位熟悉的年轻医生问我："退休了忙点啥呢？"神情是关切的，也是好奇的。是啊，退休意味着步入老境。以前没老过，没这种体验。老了以后，"生活的样子"会怎样呢？

　　退休以后有很长一段时间，基调仍是翻译：生活场景少了上班的单位，生活内容却大致相仿。2012 年，华东师大出版社出版了"周克希译文集"。我在首发式上说，我的翻译生涯从此可以画上一个句号。其实情况并非这么简单，句号不是说要画就能画成的。

　　总的来说，由于放下了普鲁斯特逐卷往下译的沉重负担，觉得轻松不少。做的事杂了些，名目也多了些。尤其是近两年，随着年事渐高，对老境有了新的感悟，于是给自己设定了一个生活模式：练字学琴，捎带翻译。

　　孙儿载欣学钢琴，每次上课都有录像带回。我成了不到场的旁听生，跟着他练音阶、琶音和曲子。但我的基本学习态度是好高骛远。在练一点基本功的同时，挑了巴赫的《C大调前奏曲》来结结巴巴地弹。我不求技巧、速度到位（这大概是不可能的），但求能从弹奏中多少领略一些巴赫超凡脱俗的音乐内涵。

写毛笔字亦然如此。请教过几位书法家，都告诫说练行草必须先练好楷书，就像要学跑先得学会走。道理很明白，但我还是想又学走又学跑，即便跑得不像样子，也在所不惜。总之，弹琴也好，写字也好，都是怎么高兴怎么来，说出来有点惭愧。

翻译，虽说是"捎带"，其实花费的时间最多。看着载欣一天天长大，翻译童书的兴趣浓了起来，于是译了一些童书，比如华东师大出版社的绘本十六种，比如由《生活的样子》《生活的意味》和《美好的生活》组成的"生活三部曲"。以前英文小说很少译，于是选了一个中篇、四个短篇，译了"福尔摩斯探案选"。对普鲁斯特"旧情未了"，于是和好友涂卫群合作，编译了《〈追寻逝去的时光〉读本》。华东师大出版社一直鼓励我为《译边草》编一个"续集"，许静、陈斌两位老师热情地说服我、耐心地等待我，于是就有了即将出版的《草色遥看集》。同样热情、同样耐心的，还有慢书房女主人羊毛和靠谱设计师庄品，于是有了"我曾遇见小王子"和"普鲁斯特书房"这两个主题笔记本。

常常会想，该歇手了。但是，生活的样子有时似乎不是自己所能左右的。月前柳鸣九先生来约稿，还指定要一些不谈翻译、只关闲情的"散文"。不忍心拒绝他，便苦了自己。这些天在冥思苦想凑一篇"漫忆琐记"。回忆的闸门好不容易开了条缝，又总在困惑：这些忆旧的东西有意义吗？前些天跟晓晖老师说起这个困惑，她说："不一定要有意义，只要有意味就好。"想了想，真心觉得她说得对。

生活就是这样。要有目标，否则会太无聊，但目标不能定得太大。有些事情，是老天爷安排的，该是什么样子就会是什么样子，努力过了，也就可以了。其他的，就顺其自然吧。

2016 年 10 月

忆汪曾祺先生

　　汪曾祺先生走了。听邵燕祥先生说，他是 12 日大出血住的院，诊断为食道静脉曲张，血止后情况不错，15 日还和林斤澜等好友谈笑风生，不料 16 日再度出血，竟至不治而去。

　　92 年初去北京，曾冒昧地前往蒲黄榆拜访心仪已久的汪先生，不巧他去外地了。他夫人施松卿先生诚挚地接待了我这个不速之客，谈了很长时间，送了我两本汪先生的书。当时还见到他们的女儿，随即想到汪先生在一篇序里的一段话："我的女儿曾经问我：'你还能写出一篇《受戒》吗？'我说：'写不出来了。'"另外有个印象很深，就是汪先生写东西的桌子很小，像小学生的课桌。稍大的那张写字台，据施先生说是她专用的（也许是因为她搞外文工作，要摊得开词典的缘故）。

　　回沪后又寄去一本拙译。没想很快就收到一个邮包，汪先生在附寄的信中写道："前承枉顾，我适外出，未能觌晤，憾憾！承赠《追忆似水年华 V》，近又承寄《基督山伯爵》，甚谢。唯两书定价皆甚昂，让您破费，为之不安耳。奉赠《自选集》及《蒲桥集》各一册，茶余酒后，聊供消遣。何时再到北京，当谋一见。"

以后，又有书见赠。有一次是施先生寄的书，看到她在附信末尾写的"要赶去邮局，匆匆写几句。曾祺嘱笔问候"，我眼前浮现出她华发霜染的面容，顿时为这么惊动她从十二楼下去找邮局捆扎付邮，感到不安起来。可是，几乎每年都仍有汪先生的新书寄下。有时看得出是汪先生自己用牛皮纸打包托寄的。

有一回是画。也许是我在信中说起过，汪先生挂在屋里的那幅国画有印象派味道，似乎感觉得到风在吹拂（施先生当时好像告诉过我，这是他酒后遣兴之作，自己也挺喜欢，所以墙上就只挂这么一幅画），汪先生便也画了一串葡萄，题了上款从北京给我寄来了。

遗憾的是，92年后没再去过北京，所以始终跟汪先生缘悭一面。因为不想多打扰他，只通过一次电话。电话那头的声音很年轻，静静地说一口好听的北京话。

翻开他寄赠的人民文学出版社丛书本的"捡石子儿（代序）"，映入眼帘的是下面这段文字：

……我写《天鹅之死》，是对现实生活有很深的沉痛感的。《汪曾祺自选集》的这篇小说后面有两行附注：

一九八〇年十二月二十九日清晨

一九八七年六月七日校，泪不能禁。

我的感情是真实的。一些写我的文章每每爱写我如何恬淡、潇洒、飘逸，我简直成了半仙！你们如果跟我接触得较多，便知道我不是一个不食人间烟火的人。

看到这儿，我也"泪不能禁"了。他是当今文坛一代巨匠，但又首先是一个普通的人，一个感情真实的人，一个性情中人。我跟他接触得并不算多，但他的风范已永远铭刻在我心间。

1997 年 5 月

仁者蔼然

想起辛老，眼前就会浮现他满含笑意的脸容，心头也会漾起一丝令人怅惘的暖意。

因和圣思同在华东师大，有幸结识了辛笛和文绮先生。当时我在数学系任教，但热衷于翻译文学作品，可以说正在兴头上。译林版《追忆似水年华》出版后，我和其他多位译者赴北京参加一个研讨会。行前去向辛老辞行。他知道我在北京人生地不熟的，就主动为我写了两封引荐信，一封给冯亦代先生，一封给汪曾祺先生。到北京后，我按辛老的叮嘱，拿着他的名片和信，分别去二位府上拜访。心仪已久的前辈的勖勉，坚定了我投身文学事业的决心。

下一年，我改行离开数学，调到出版社担任文学翻译的编辑工作，这样一来，就跟从事文学翻译的初衷"虽不中，亦不远"了。

隔没多久，我应约准备翻译《追忆逝水年华》节本（书名换了一字），怀着既兴奋又紧张的心情去看辛笛先生。我现在还记得，他在桌子那头笑眯眯地望着我，那笑容使我感到温暖。我觉着，尽管我笨嘴拙舌的，但我的思绪他是洞明的，我的感受他是理解的，我的忧虑他是体谅的。我们俩谈了很多。最后辛老建议我多看看废名的小说。辛老把普鲁斯特小说的语言特点归结为"缠绵"，而废名的作品，在他看来有相似之处。

过了些年头，我痴心未泯，又着手重译普鲁斯特小说的第一卷《去斯万家那边》，并把整部小说的书名改译为《追寻逝去的时光》。辛笛先生静静地（带着智者的微笑，我相信）关注着我和我的译事。我偶尔有些不值一提的文章见报，几乎每次他都会在当天或第二天打电话来，告诉我他读了小文后的感想。漫长的译事使我感到寂寞甚至压抑，辛笛先生的话，犹如为冷寂的心田引入一股暖流。

如今，再也接不到这样的电话了。而习惯，还是保留了下来。每当走过南京路陕西路，我总会在那条弄堂口驻足。以前我常在这儿打电话上去，说已在弄堂口了，问这就上来好吗。我真想再当一回这样的不速之客。可是我明白，即使登了门，也见不到二位长者，见不到那蔼然可亲的笑脸了。

2004 年 10 月

漫忆琐记

前　辈

我和柯灵先生，是在马路边认识的。

那天走在复兴路上，看见有位面容熟悉的长者，像小学生那样挎着书包，在前面踽踽而行。我心念一动，趋前问可是柯灵先生；答曰是柯灵。原来他那段时间正构思一部长篇，为免受干扰，特地在附近租一小屋，每天背着书包去"上学"。在路边谈了一会儿，两人似都意犹未尽，遂同去前面不远处他的寓所继续谈。

此后多次去过复兴西路上的这个寓所。有一次谈到某位似乎早被"公认"的散文大家，他颇有微词，问我，那两个名篇"究竟有什么好？"这很出乎我意外。此后，我看名家的作品，也学着"拿出自己的眼光来"了。

那年头的前辈，但凡遇到对文学、艺术有点爱好的晚辈，都是这么毫不设防、倾心相与的。

有一次，为了桩什么事情，去裴柱常先生家。他和我聊起当年怎么做"塾师"（家庭教师），怎么翻译《毒日头》，怎么因鲁迅日记中提及而"得益"。他夫人顾飞女士见我们好像挺谈得来，主动问我："我画张画送侬好伐？"我一时反应不过来，顿了顿才说："好呀。"

几天后果然取来了一幅立轴山水画，上面有裴先生题的款："克希先生、文雄女士伉俪雅正"。当我得知顾飞是黄宾虹很看重的女弟子时，我才了解这幅她"硬要"送我的画有多珍贵。

1997年译文社拟出《作家谈译文》一书，我去王元化先生家请他题写书名。他提起毛笔，一口气写了四遍，横竖各两张，说"给你挑"并留饭，边吃边谈。记得他特别称许老舍和黄裳。

他曾建议我翻译纪德的作品，并愿意为我物色出版社。但当时我好像已经有意译普鲁斯特，没能接受他的这番美意。

有一次去，适逢他外出，于是和他夫人张可谈了起来。张老师当年是位极其能干的才女，早些年我去做客，领略过她把每位来客都照顾得很好的"沙龙"女主人风采。据我的好友、她的表弟许庆道说，她翻译《莎士比亚研究》时边看边译，手起笔落。那天谈着谈着，眼看又到饭点了，我起身告辞。不料张可怎么也不肯放我走，守住房门，张开双臂像小孩玩"老鹰捉小鸡"似的，非要拦我下来。我终于犟不过她，留下来吃了晚饭。

张可去世后有一段时间，元化先生长住在离家不远的一个宾馆里。一天我和萧华荣同去看他。进得屋去，只见他光着上身，正在写东西。看我们有些惊讶的眼神，他解释说，身上发疹子，穿衣服就痒，所以干脆赤膊。见他神色坦然，与华荣兄谈今论古，我暗想此岂非魏晋名士风度耶。

童　趣

一日陆灏兄请饭，席间我说起孙儿叫载欣。陆灏略带诧异地问："是《说岳》里杨再兴的'再兴'？"我说不是《说岳》，是陶渊明。他接口就说："哦，'乃瞻衡宇，载欣载奔'。"

解人难得。载欣的名字，经常被读错。既然是"载欣载奔"，跟"载歌载舞"是相同的模式，"载"就该读第四声才对。好些人，却往往读成第三声。解释的次数多了，难免会欲说还休。

载欣不足三岁时，带他去鼎泰丰吃小笼。他爸爸点了一笼枣泥馅的，我随口说："甜的小笼，真是怪东西。"载欣在旁边说："爷爷讲的是贬义词。"我们觉得意外极了。细究缘故，才明白跟一月前的事有关。当时他一本正经地对奶奶说："奶奶下次不要叫我坏东西好伐？"奶奶说好的，下次不叫了，不过这里的"坏东西"其实是褒义词，不是贬义词，是因为奶奶太喜欢你了，才这么叫的。想不到他居然听懂了，而且在适当的语境下，还用对了。

吃，也许是最早进入孩子阅历的内容。爸爸妈妈带载欣去了次长风公园。他开心地告诉我们，满脸天真地说："我还以为是肠粉公园呢。"他那时喜欢吃滑糯的肠粉，听见陌生的"长风"二字，马上想到了熟悉的肠粉。去襄阳公园回来，他又笑嘻嘻地说："我以为是香肠了。"天冷，给他暖宝宝焐手，他问："暖宝宝和汉堡包有啥不一样？"

好友的女儿 Laura 在美国出生，小时候先后在香港、上海读书。念书对她来说，好像实在太容易了。她爸爸有次感喟说，女孩最好不要数学太棒。几天后 Laura 怯生生地对爸爸说："Daddy，对不起，我数学又得了 A plus。"

法语培训中心开班，她对妈妈说想去学法语。妈妈就给她报名，但人家说这是成人班，她才九岁，恐怕不行。妈妈说她很乖的，请让她在课上听听吧。对方答应了。过了一段时间，有一次考试，Laura 回家对妈妈说："这次考试，只有两个人通过。"妈妈赶紧安慰她说："没通过没关系的。"她又说:"两个人中间,有一个是我。我们俩一个100分,一个60分。"妈妈忙说:"60分也很好了。"她接着说:"那个100分,是我。"她妈妈跟我们学她说话慢条斯理、不惊不乍的样子,大家越想越好笑。

去苏州慢书房,认识了女主人羊毛和她的女儿许未来。女儿的名字来自徐志摩的"许我一个未来",很有诗意。羊毛的一个女友喜欢这个名字,打算给自己即将出生的孩子也取这个名字。羊毛一听,忙说不妥。原来那个女友的丈夫姓吴。吴未来,谐音岂不是"无未来"?

前不久,我把微信头像换成了一张钢笔画。寥寥几笔,勾勒出一匹矫健的骏马。李兄发来微信:"是侬孙子的大作吧?"我说不是,是毕加索的。他发表情,作大笑状,"那么我外甥老早是毕加索了。"随即发来好几张充满童趣的画作。我不敢让孙儿掠毕加索之美,再次申明解释;不想群里的严小姐也加入进来,认定此马系载欣手笔。她是书画鉴定的专家,这一说颇有一锤定音的意思。既已百口莫辩,我也就将错就错,心想:好吧,就让毕加索的童趣乱一次真吧。

琴 声

我的岳父毛楚恩先生,是意大利小提琴家富华(Arrig

Foa）的学生，和谭抒真先生师出同门。在交大读书时，他和钱学森都参加了校乐队，他拉小提琴，钱先生吹圆号。

他还学过长笛（香港影片《清宫秘史》后期配音时，制片厂从上海工部局乐队借调了三个乐队成员：指挥黄贻钧，小提琴谭抒真，长笛毛楚恩），当年报考工部局乐队，凭的正是长笛。考题是视奏一首降 G 大调的曲子。面对一份有六个降号的陌生乐曲，立时就要演奏，难度是很大的。他灵机一动，干脆按 G 大调来视奏，这样一来，乐曲升高了半度音，而所有的降号就都可以无视，只要把一个音吹高半度就行了。

半度音的差别，细微到一般人的耳朵都难以辨别，但主考官是富华的老师梅百器（Mario Paci），他的耳朵应该是骗不过的。然而他居然放了一马，让毛楚恩通过。（事后他说，他是赏识这点小小的即兴应变能力，所以"网开一面"。）录取后，分在了小提琴声部，乐队整编成上海交响乐团后，仍是小提琴演奏员。

"文革"中，他自然成了工宣队的监管对象。一天吃罢午饭，他在一张长板凳上小睡。两个工宣队员走过看见，大为惊奇，相顾而言："迭个人问题介严重，还眠得着！"（"这个人问题这么严重，居然还睡得着！"）

"文革"中的一个夏夜，他悄悄地为家人拉几首小提琴曲。演奏尚未终曲，只听有人轻声叩门。乐曲戛然而止，气氛无比凝重。倘若门外是"革命群众"，罪名是难逃的。硬着头皮去开门，只见门口站着几个年轻人，彬彬有礼地说，他们是循着轻轻飘荡在夜空的乐声找过来的，希望能当面聆听演奏。人心难防，我岳父还是婉拒了他们。

他是傅雷先生的好友。"文革"前，傅雷打桥牌总让他做"搭子"。我问过他，傅雷牌品如何，他笑着说不怎么样，输了爱发脾气，怪这怪那。后来见我对翻译兴趣渐浓，他告诉我傅雷有个习惯，每天译得的文字（千字左右，不会很多），常在晚饭后念给围坐的家人听。这个很有画面感的场景，定格在了我的脑海中。

傅聪小时候离家出走，寄住"毛伯伯"家两周之久。傅雷赌气不理，最后还是梅馥去接儿子回家。此事《傅雷家书》中似有记载。傅聪成名且得以回国后，几乎每年都来看望毛伯伯。我在旁听他们俩叙旧，不止一次想请傅聪先生即兴弹一曲，终因顾忌琴不够好，始终未敢造次。倒是有一次潘寅林来借谱（记得好像是帕格尼尼的《钟声》）时，我鼓足勇气请他演奏一曲，他爽气地答应，拉了首曲子。如此近距离地听名家演奏，感觉真是美妙。

陕南村

以前住在陕南村，几经搬迁，搬到了现在的住所。两处的建筑，据说出自同一个设计师的手笔。清水红砖的饰面，外墙拉毛的风格，都很相像。室内钢窗和画镜线的样式，天花板和墙壁衔接的弧线，乃至门上的玻璃球形把手，也都在暗示这种同一性。当年很火的电视剧《孽债》，内景大多在陕南村拍摄，外景则在我现在的住处拍摄。现在的有些电视剧中，也能看到这种"混搭"的场景。

当然也有不同之处。陕南村的钢窗是往里开的，我半大不小的那会儿，蹲在窗下猛一起立，就会出现头破血流的一幕。撞多了头，人就笨了。出陕南村沿陕西南路往前走没几步，当时是一所疗养院。院子沿街的木门上，挂着一块牌子：

> 狗心当

每次走到这儿，我必屏息疾趋而过，心中暗想：真恐怖，狗心居然拿来当钱！——我怎么也想不到，这三个字（按写的人的阅读习惯）是要从右往左读的。

陕南村旧名亚尔培公寓，弄堂里（旧时无小区一说，统称弄堂）颇有一些名人。王丹凤住在紧邻我家的那幢楼里，我们见到的她，全无明星架子，走在弄堂的小道上，至多只是戴个口罩而已。我弟弟的奶妈，后来去了她家当保姆，偶尔抽空回来看我们时，从不在新主人背后说长道短，我们也绝不会想到去打听点什么八卦——当时的脑子里没有这根弦。稍过去些，是陈叙一先生家，平时我们没有来往。后来有一次，我在巴黎时去机场送人，偶遇他和特伟在那儿转机，蓦然生出他乡遇故人之念，迎上前去和他聊了一会儿。再往前，一棵高大的榆树下住着黄裳先生，他就是在那儿写的《榆下说书》。

弄里名医尤多。我家住的这幢楼里，就有好几位。底楼的牙科杨医生，当年从国外留学回来，带来一批好器材。有要人前来就医时，弄堂里会有便衣之类的暗哨布防。二楼的周医生，是仁济医院的骨科主任。三楼的林医生，是部队编制的内科专家，少将军衔，热天常见勤务兵上门送西瓜。四楼的傅培彬医生，是国内有名的外科大夫，曾做过广慈医院（现在的瑞金医院）的院长。

"文革"后我在巴黎高师进修时，曾小小地接待过傅培彬和邝安堃这两位名医。他们俩作为医学访问团成员出访法国期间，我陪傅家伯伯他们俩在巴黎街头游览。路过餐馆时，邝先生常会驻足细看橱窗上的菜单。看下来，总觉得太贵了些。于是，我建议请他们俩一起去巴黎高师的餐厅就餐。我有餐厅的餐券；餐厅按人头收券，菜肴好而不贵。

"文革"时期，我是在陕南村度过的。家里的两个房间，有一个曾关闭三年之久。直到婚事迫近，我再三申请，封条方被撕下。打开房门，只见地板上积尘已有寸许。

位　育

蒋文生老师当时在学生眼里，已然是位老夫子：臂肘支在讲台上，微微往前佝着身子，目光从镜片后凝定在某个学生脸上，声音徐缓而多停顿。但现在想来，他教我们高中语文课时，应该只有三十多岁，不到四十，不能算老。他激赏归有光的《项脊轩志》，当他带着浓重的无锡口音诵读"然余居于此，多可喜亦多可悲""庭有枇杷树，吾妻死之年所手植也，今已亭亭如盖矣"等句子时，乡音被赋予了一种亲切而令人难忘的感情色彩。

刘光坤老师不仅烫头发，而且着旗袍穿高跟鞋，在那个年代，这是很特立独行的。她先是教我们英文，后来又教我们数学。记得那时的课程很前卫，教学内容中有极限概念，但刘老师应付裕如。她说一口纯正的京腔，若是语文老师出缺，想必她也能客串一把。

她的父亲刘湛恩、母亲刘王立明都是不畏强梁、留名青史的民主人士，在她身上，能看到他们的风范和骨气。"文革"初期的一天，红卫兵揪住她和另一位女教师，要给她们俩剃"阴阳头"。在奇耻大辱眼看就要降临的紧急关头，刘老师显出她刚烈的本色，毅然挣脱红卫兵的纠缠，义无反顾地逃出重围。

另一位老师没能逃过这个劫难，被剃去了半边头发。是的，她也许不如刘老师刚毅，但她以无言的蔑视保持了内心的尊严。她后来一直在位育中学任教，赢得一届又一届学生的尊敬（我是她的学生，我儿子也是她的学生），去年才以九十多岁的高龄谢世。她就是张嘉荃老师。

黄孟庄老师教几何、代数两门课。几何课本脱胎于《几何原本》，编得极好。黄老师的教学，使我领略到了课本推理严密、"无一剩字"的逻辑之美、语言之美。我日后在复旦数学系选读微分几何专业，潜意识里是受了黄老师影响的。

有一次在厕所里，看见他在小便池前的模样很特别，耷拉着头，还闭着眼。那种疲惫、绝望的神情，给还是十几岁的我留下的怪异的印象，至今未曾磨灭。回想起来，那应该是他刚被戴上"右派"帽子的时候。那种神情，真能让人明白什么叫哀莫大于心死。

很多年以后听说，他不久就被调离位育中学，去了邻近的一所中学。在那儿，他从楼上一跃而下，带着早已死去的心离开了这个世界。

初中也是在位育读的。回想往事，印象驳杂。最深的印象是上课看小说。小说书放在课桌抽屉边上，稍一低头就能看到。当时看书之多、之杂、之快，现在想来有恍若隔世之感，到底看了哪些书，也几乎都忘记了。还能记得的，除了《傲慢与偏见》，好像还有一本《马列耶夫在学校和家里》。

离学校不太远的国泰电影院，是我们最爱去的地方。下午四点多钟有学生场，我们每星期差不多总要去两三次。印度影片《流浪者》当时风靡一时，我们年级有个同学，据说看了十二遍（影片分上下集，十二遍就是二十四场哦）。我最爱的影片是《勇士的奇遇》（也叫《郁金香芳芳》），演芳芳（当时用的是这个女性化的译名）的法国演员钱拉·菲利普和演阿德琳的意大利女演员吉娜·罗洛布里吉塔，我终生难忘。还有部日本影片《这里有泉水》，说的是几个音乐家到麻风病院去为病人演出的故事。由于片中有许多演奏名曲的桥段，我当天看了一遍，第二天马上又去看一遍。

当时年纪小，常常会犯浑。有位姓万的地理老师，是印度尼西亚归侨。我们顺手从课本上拈来印度尼西亚的一个地名，给她取了个绰号叫"加里曼丹"。有一次，教室没关严的门上，高高地搁着黑板擦，她一推门，黑板擦落将下来；与此同时，教室四角位置上的同学依次起立高喊："加——里——曼——丹——"。她当场流下了委屈的泪水。现在回想起许多年前的这一幕，只觉得对不住她，真希望还能对她赔个礼道个歉。

复　旦

甫进数学系，在梯形教室上大课，授课的都是有名的老教授。数学分析课由系主任陈传璋主讲。一次我们几个同学在图书馆，误了上课的点，赶到教室门口，即被陈先生厉声喝住。几个因没有手表而迟到的可怜虫，只得当着一百多个同学的面，在梯形教室进门处罚站十分钟。教高等代数的，是黄缘芳先生（我相信自己没记错，老先生的名字里的确用了"芳"字），他长得像好兵帅克，圆脸短发，脾气也真的好。孙振宪先生说一口苏北话，他教解析几何与众不同，三根坐标轴不称 x、y、z，而用希腊字母称 ξ、η、ζ。其中的 ξ，读音跟敝名"克希"很相近。听孙先生的课，我仿佛时时听他点名一般。

那年头虽无大的政治运动，但小"运动"似接连不断。

就连捉蚊子，也带有运动的色彩，每人每天捕蚊几何，都要统计上报。暮色苍茫、夜色四合之际，众多学生手执涂满肥皂的脸盆，伫立在登辉堂前的大草坪上，嘴里嗡嗡作声，待得蚊子聚集到头顶上方时，举起脸盆迅速挥扫。那场面颇为壮观。

印象中，当时我们都较疲劳，上课时有人撑不住，就会打瞌睡。金福临先生来上复变函数大课，见到有人打瞌睡，怒从胆边生，随手把手里的粉笔头掷将过去。可惜偌大的梯形教室里，要准确命中一个目标并非易事。往往是那个同学安然无恙，邻近的某个同学却遭了殃。

讲课最有声有色的，当数夏道行先生。他讲的实变函数论，其实是很艰深的。但听他讲课，真有点像享受。一个大定理，先从已知条件讲起，条分缕析，理清它们的脉络，然后考察所需求证的结论，往上推衍通过哪些步骤即可证得结论。一边讲一边板书，等写满四块黑板（大教室的黑板是可以上下拉动的），已知条件和求证结果越靠越近，终于在下课铃声响起前，契合在了一起。时隔多年，具体的数学内容我已记不清了，但夏先生讲课的风采至今难忘。每次听他这么娓娓道来，我总觉得他不是在复述那些定理的证明过程，而是在亲力亲为当场推演证明它们。

校园里讲座很多。我去听过外文系伍蠡甫先生讲艺术史、中文系朱东润先生讲书法。印象最深的是评弹名家赵开生的讲座。当时由他作曲、余红仙演唱的评弹开篇《蝶恋花》风靡一时。中文系就请他来讲开篇的创作经过。他逐句介绍构思时受哪些意象和曲调的影响。例如，写到"吴刚捧出桂花酒"时，他脑海中出现的是京剧黑头（花脸）的形象，所以这一句听上去有京剧花脸粗犷的味道。

跨系旁听，也是受鼓励的。我看了影片《献给检察官的玫瑰花》，得知影片的翻译是外文系的董问樵先生以后，慕名去听过他上的德文课。那时的学生，就是这么任性。

本色文丛

（柳鸣九主编　海天出版社出版）

《子在川上》柳鸣九 / 著

《奇异的音乐》屠　岸 / 著

《岁月几缕丝》刘再复 / 著

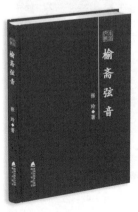

《榆斋弦音》张　玲 / 著

《飞光暗度》高　莽／著

《往事新编》许渊冲／著

《信步闲庭》叶廷芳／著

《长河流月去无声》蓝英年／著

《坐看云起时》邵燕祥 / 著

《花之语》肖复兴 / 著

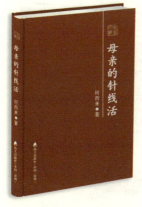

《母亲的针线活》何西来 / 著

《神圣的沉静》刘心武 / 著

《青灯有味忆儿时》王春瑜 / 著　　　　《无用是本心》潘向黎 / 著

《纸上风雅》李国文 / 著　　　　《花朝月夕》谢　冕 / 著

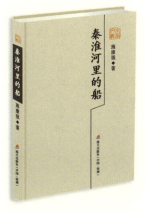

《秦淮河里的船》施康强 / 著

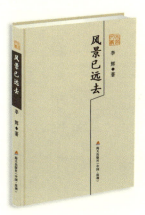

《风景已远去》李　辉 / 著

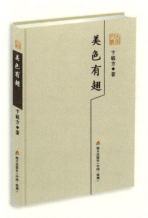

《美色有翅》卞毓方 / 著

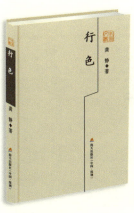

《行色》龚　静 / 著

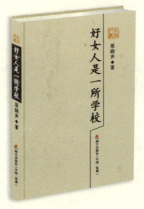

《好女人是一所学校》梁晓声 / 著

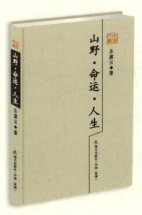

《山野·命运·人生》乐黛云 / 著

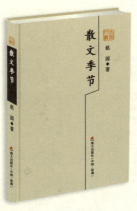

《散文季节》赵　园 / 著

《春天的残酷》谢大光 / 著

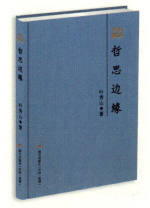

《哲思边缘》叶秀山 / 著

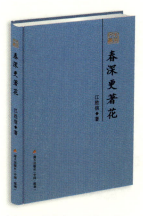

《春深更著花》江胜信 / 著

《蛇仙驾到》徐　坤 / 著

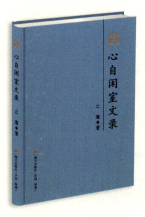

《心自闲室文录》止　庵 / 著

《向书而在》陈众议 / 著

《四面八方》韩少功 / 著

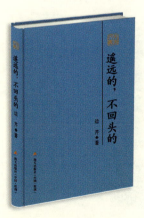

《遥远的，不回头的》边　芹 / 著

《一片二片三四片》钟叔河 / 著

《乡愁深处》刘汉俊 / 著

《率性蓬蒿》陈建功 / 著

《披着蝶衣的蜜蜂》金圣华 / 著

《尘缘未了》李文俊 / 著

《艾尔勃夫一日》罗新璋 / 著

《无数杨花过无影》周克希 / 著

《无味集》黄晋凯 / 著

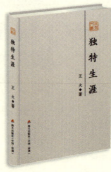

《独特生涯》王　火 / 著

《书房内外》黑　马 / 著

《流水沉沙》罗　芃 / 著